アラベスク後宮の和国姫

忍丸

富士見L文庫

もくじ

かつて三大陸にまたがって覇を唱えた帝国があった。

ダリル帝国である。

栄華を誇った国も、全盛期より百年も下ると腐敗がはびこるようになった。

王の威光はすたれ、領地は他国に削られていく。再びの栄光を望む者は多くいたが、伝説の王に並ぶ人物は現れず。熟しすぎた果実は地に落ちるのを待つのみ。

――そんな時代に流星のごとく登場した皇帝《スルタン》がいる。

若き王は斜陽にあった帝国を見事な手腕で復活させた。

新たな伝説を打ち立てた王のそばには、謎めいた美女がいたという。

誰よりも遠い地からやってきた奴隷出身の妃《きさき》……。

〝幸運な妾《イクバル・ジャリエ》〟と呼ばれた彼女は、不思議な魅力で心身共に王を支えた。

妃には知られざるあだ名がある。

〝天狗姫《てんぐひめ》〟。

はたして彼女の正体は――

序章

駆ける、駆ける、駆ける。

冬を終えた世界は緩んだ空気に包まれていた。新緑にあふれる山中。うららかな陽気を浴びながら、着物がはだけるのも気にせずに走る。気分は春に遊ぶカモシカだ。

藪《やぶ》から飛び出すと人里があった。山城も見える。山中朔之介《やまなかのりのすけ》が治める里だった。

世は戦国、群雄割拠の時代。和の国はどこもかしこも戦続きで疲弊しきっていたが、里は豊かだった。主君が善政を布《し》いているからだ。民と人臣を尊ぶ人物として広く知られていて、主《あるじ》の人がらが人々の生活ににじんでいる。

山を下りて里に入ると、市は今日も盛況だった。商人と民が賑《にぎ》やかにやり合う声が響いている。軽やかな足取りで人の間をすり抜けていくと、百姓の女と目が合った。

「あらまあ。藤姫《ふじひめ》様！　供も連れずにどこへお出かけですか」

「麦湯の材料を買いに！　ついでに山菜を採ってきたのよ」

じゃらり。山菜が満載のかごの中で大麦の粒が鳴った。麦湯は母の好物だ。山菜もたんまり採ってきた。もうすぐ出産予定だから精をつけてほしかったのだ。

「ばあやには内緒にしておいてくれる？」

にっこり笑って言えば、仕方ないですねえと女がクスクス笑った。

「藤姫様！」

「姫様がいる！」

民たちが私の存在に気がついた。

「今日も城から抜け出したんですかい。困ったおひとだねえ」

「仕方ねえ。姫様を城に閉じ込めておくなんて殿様にだって無理だ。おりゃあ、藤姫様がちんまい頃から知ってるからな。間違いねえ」

男の言い草に、ぷうっと頬を膨らませた。

「私をなんだと思っているのよ」

「山中様んとこのおてんば姫ですが？」

「うっ……」

言葉を詰まらせると、ドッと周囲が沸いた。

さすがにひどくない？　……普段の行いを考えたら当然かもしれないけど。

変な顔をしていると、商人が近づいてきた。

「先日はありがとうございます。うちの子のために薬を用意してくだすって……」

「あら、この前の！　どう？　熱は下がった？」

「そりゃあもう！」

ホッと胸を撫《な》で下《お》ろしていると、商人が涙をにじませているのに気がついた。

「歳《とし》を取ってからようやくできた子だもんで。本当によかった……」

感極まった様子にこっちまで目頭が熱くなった。丸い背中をポンと叩《たた》く。

「またなにかあったら言ってね。うちの民は、みんな家族も同然だもの」

「……は、はいっ！」

顔を赤らめた男にニコッと笑う。百姓の老人が寄ってきた。

「姫様、ひとつお願いが……」

「なにかあった？」

「田植えの時期だってのに、若い奴らが戦に取られちまって。人手が足りねえんです」

「わかった。人を集めるわ。田植えの音頭は任せて。得意なの！」

腕まくりをすると、老人は日に焼けた顔をクシャクシャにして笑った。

「おお！　ありがとうございます。こりゃあ今年も豊作に違いねえ。姫様をいいように使ってと、いつか殿様に叱られそうだけどよ」

「あら。お父上が怒るはずがないわよ。国の礎となるのが米だもの。それに――」

にっこり笑う。田植えには楽しい遊びがついてくるのだ。

「田起こしした後、相撲勝負をするでしょう!?　私、すっごく楽しみで！」

ふんすと鼻息も荒く胸を張って言った。

「今年も負けないわ」

「まったく。姫様には敵《かな》わねえなあ。男顔負けだ」

老人がからから笑う。ハッとして顔を赤らめた。

――私ったら！　おてんばって言われたばかりなのに。

どうにも照れ臭く思っていると、向こうに特徴的な人物を見つけた。琵琶《びわ》法師だ。

「法師様！　今年も来てくれたのね」

ボロの僧服をまとった盲目の法師は、編《あ》み笠《がさ》の下でゆるりと笑んだ。

「藤姫様。お久しぶりでございます。山中様のところは居心地がいいので、つい立ち寄ってしまうのです」

「本当？」

嬉《うれ》しくなって笑顔がこぼれる。ワクワクしながら問いかけた。

「ねえ、またお城へ弾《ひ》きに来てくれるわよね？『平家物語《へいけものがたり》』の続きを聴きたいの。それに、琵琶の手ほどきが途中だわ！　ぜひ寄っていって」

「いいのですか？」

「もちろん。お父上もお母上も楽しみにしてるもの！」

じわりと琵琶法師の目もとが濡《ぬ》れる。

「どうしたの？」

「いえ……。この頃はひどい扱いをしてくる人間も増えましたから」

戦乱の世だ。あちこちで戦が起こり、いつ誰が死んでもおかしくない凄惨な時代。自分より弱く見える相手に辛《つら》く当たる人間もいるだろう。だけど──

「安心して。私の目が届く場所ではぜったいにさせないわ」

力強くうなずく。

「お父上みたいに刀は振るえないけど、私にだって民は守れる」

それが上に立つ人間の役目。生まれた時からそう教えられてきた。

「本当にあなたは素晴らしい方だ」

琵琶法師がぽつりとつぶやいた。

「物事を公平に見てくださる。琵琶の手ほどきをしてほしがったり……我々を理解してくださろうとする。姫様ほどの方は他にいません」

「えっ？　やだ。そんなことないわよ！」

ぽぽっと頬が熱くなった。照れ臭くって仕方がない。モジモジしていると「なに言ってんだ、姫様！」と声が上がった。気づけばおおぜいの民に囲まれている。

「こんなに下々に寄りそってくれる人はいねえよ。なあ！」

「そうよ！　藤姫様は私たちの誇り。自信を持ってくださいよ」

やんややんやと囃《はや》し立《た》てられて、ますます照れてしまった。

「ありがとう。みんな」

篤《あつ》い信頼を嬉しく思っていると、ふいにこんな声が聞こえてきた。

「これで器量さえよけりゃな――」

しん、と辺りが静まり返った。ひとりの男が注目を集めている。粗忽《そこつ》ものと噂《うわさ》の百姓だ。

「なあに言ってんだい。姫様に対して、この馬鹿っ‼」

近くにいた女の手が閃《ひらめ》いた。

ばしん、痛そうな音。背中を叩かれ、涙を浮かべた男は苦し紛れに言った。

「なんだよ。みんなも言ってるだろ。うちの姫様は〝天狗姫〟だって！」

「それは――」

再びの静寂が訪れる。民たちの表情が引きつっていた。ちらちらと互いに視線を交わし合う。正直者が多すぎだ。冷や汗を流し、おおぜいが私の動向をうかがっている。

「大丈夫。怒ってないわよ」

へらっと笑顔になると、誰もがホッと胸を撫で下ろしていた。

まあ、ひどいあだ名だとは思うけどね。

怒る必要なんてなかった。実際、私は醜女《しこめ》だからだ。

鼻は高く、目はギョロギョロと大きい。身長はそこらの男くらいあるし、胸はちっとも慎《つつ》ましくない大きさ。なのにやせ型で肌も白くない。自慢できるのは、黒髪と藤の花を思わせる瞳の色くらいだ。

書画に描かれる美人とは正反対の容貌……。

ついたあだ名が〝天狗姫〟。

正直、一国の姫としてはよろしくなかった。容姿は優れていた方がいい。

だけど——

「……ひ、姫様。本当にすみません」

頭を下げた男に「いいのよ、気にしてないから」と笑う。

「姫様！」

息を弾ませた百姓が駆けてきた。頰が紅潮していて、どことなく嬉しそうだ。

「殿様が帰ってきた！　戦に大勝したそうだよ！」

「――本当⁉　急いでお迎えの準備をしなくっちゃ！」

ウキウキと答える。近くにいた女が気遣わしげに声をかけてきた。

「あの、本当に気にされてないんで？」

ぱちくりと目を瞬《まばた》いて、にこりと笑う。

「ええ。もちろん。私には容姿以上の価値があるもの」

自信たっぷりな様子に女は驚いたようだった。ひらりと身をひるがえして城を目指す。

戦勝祝いだ。戦場で疲れ切った男たちを癒やさねばならない。

男は武功をあげ、女は家を守る。それが私たちの生き方だ。

勝利の報《しら》せに沸いた里の熱気は、陽が落ちてもなお冷めやらなかった。遠くから笑い声が聞こえる。振るまい酒に酔っ払った誰かが、騒いでいるのかもしれない。

浮かれた空気が満ちる中、城に戻った私は茶を点《た》てていた。茶筅《ちゃせん》を振るうたび、軽快な音が部屋に響く。慣れた仕草で茶碗《ちゃわん》を差し出すと、目の前の人は一気に飲み干した。

「見事な点前《てまえ》だった。また腕を上げたな？　藤姫」

不敵な笑みを浮かべたのは山中朔之介。私の父だ。

「旦那様がご不在のおりも稽古に励んでおりましたからね」

コロコロ笑ったのは私の母。大きなお腹《なか》で窮屈そうに座っていて、隣では幼い弟がすやすやと寝息を立てていた。

「ありがとうございます。お父上もおめでとうございます。見事な勝利だったとか」

「ああ。にっくき尾田《おだ》の侍どもを出し抜いてやったわ。しばらくは手も足も出せまい」

余裕たっぷりに答えた父だが、実際は日を追うごとに状況が厳しくなっている。群雄割拠の時代はひとつの節目を迎えようとしていた。

代々、帝《みかど》が治めてきた和の国に変革の気配が漂っている。原因は尾田家だ。都へ攻め上り、現帝を廃して政権を得ようとしている。かつてはうつけと呼ばれた尾田家当主だが、着々と勢力を伸ばしていて、けっして侮れない存在となっていた。一方、我が家は古くから帝に仕えてきた家系だ。現帝とも強い結びつきがあり、帝派の最大勢力のひとつである。尾田家をのさばらせておくわけにはいかない。

「藤姫、近々お前を嫁に出すぞ」

父の言葉に息を呑《の》んだ。婚姻により他家との繋《つな》がりを強固にする、人質と言い換えても差し支えない政略結婚である。とうとう、その時が来たのだと緊張感が高まった。

「聞いたぞ。儂《わし》の不在中、好き勝手に外へ出て、伸び伸びと過ごしていたようではないか。

嫁に出れば自由などなくなる。覚悟はあるか」

父の瞳は冴《さ》え冴《ざ》えと冷え切っていて、私に手駒になれるかと問うている。

「もちろんでございます」

まなざしをまっすぐ受け止めた。父は楽しげに目を細めている。

「ほう。ちまたではお前を〝天狗姫《てんぐひめ》〟などと呼んでいるそうだ。器量がないというだけで、口さがなく言う輩《やから》もいるだろうが――失敗は許されぬ。状況は厳しいぞ。得体の知れない大陸人が尾田家に接触しているという噂もある。場合によっては、お前の立ち居振るまいが戦況を左右するのだ。山中の娘として役目を果たせるのか？」

「できる、と。そう言っています」

淡々と答えてふわりと笑みをたたえる。私にはひとつとして迷いがなかった。

「器量なしの私に、お父上は最高の教育を施してくださいました。舞踊、演奏、詩作、茶の湯の作法。書を惜しみなく与え、男にも負けぬ知識を持つにいたりました」

次に母をみやる。

「お母上からは主君を支える妻としての役割を学びました。立ち居振るまいから、女衆への差配の仕方。籠城に必要な知識。天守閣に攻め入ってきた不埒《ふらち》な輩のあしらい方まで」

「まあ」

クスクス笑う母に笑顔を向けて、再び父を見つめた。

「私以上に、武家の妻としてふさわしい人間がおりましょうか」

任せてくださいと胸を張る私に、父は相好を崩した。

「そのとおりだ。どこに出しても恥ずかしくない。藤姫、お前は我らの誇りだ」

父の言葉に胸が熱くなった。嬉しく思っていると、両親が微笑《ほほえ》み合《あ》っているのに気がつく。娘の私から見ても仲睦《なかむつ》まじい。政略で婚姻を結んだはずなのに、温かな情が通っているのだ。素敵だと思う。憧れずにはいられない。

――私も、まだ見ぬ夫とこんな関係になりたいな……。

そのためにもがんばろう。決意を新たにすると、父が真面目くさった顔になった。

「他家に嫁ぐお前に言葉を贈ろう。心して聞けよ、藤姫」

「はい」

居住まいを正した私に、父は一転して茶目っけのある表情になった。

「どんな時だって美味《うま》い飯さえ食えばなんとかなる！　大丈夫だ！　ワハハハ!!」

「やだ。あなたったら！」

母まで笑い出す。私もついつい噴き出してしまった。大笑いしていると、眠っていた弟がグズり始める。父が抱っこしてやると「母がいい」と暴れて大変だった。

なによりも心安らぐ時間だ。遠い地に嫁ぐ私に勇気をくれる。彼等《かれら》の信頼に応えたいと思った。愛する家族と民のためなら、ぜったいに役目を成し遂げてみせる。たとえ、二度と故郷の土を踏めなくとも――

――そう思っていたのに。

時代は容赦なく私たちを呑み込んでいく。夢も希望もすべて灰燼《かいじん》に帰そうと、悪意に満ちた運命が、そろそろと手を伸ばしてきていた。

＊

数日後――

無我夢中で山中を走っていた。心臓が破裂しそうだ。藪《やぶ》を突っ切ったからか、手足はあちこち裂けて血がにじんでいる。汗が絶え間なく噴き出し、着物はあっという間に薄汚れて、野良仕事に使うボロと大差ない有様《ありさま》だ。

「姫様！　お早く!!　さあ!!」

ばあやが急《せ》かしている。けれど、足を止めて振り返った。

ぎゅうっと胸が苦しくなって視界がにじむ。木立の向こう、涙でよく見えない視界の中に、轟々《ごうごう》と炎を噴き上げる山城と、黒煙に包まれた里の姿があった。

父が戦から戻ってきた日からそう経《た》たないうちに、山中家を取り巻く状況は激変していた。懇意にしていた他家に裏切られたのだ。帝派の最大勢力の片翼、私が嫁ぐはずだった家が敵勢力に屈してしまった。革新派にとって、残る障害は我が家だけだ。尾田家は総力戦を仕掛けてきた。他領へ通じる道は塞がれ、孤立無援。多勢に無勢だった。気がつけばすべてが炎に包まれている。

『今生の別れだ』

燃えさかる天守閣で、父は言った。

『嫌です！　共に戦います!!』

抵抗を見せた私を押しとどめたのは母だ。

薙刀《なぎなた》を手に、いつもどおりの優しげな顔つきで言い含めた。

『逃げるのです。ここはもう駄目』

『では、お母上も……！』

『わたくしは残ります。こんな体では敵も逃がしてはくれないでしょうし』

大きなお腹をそっとさする。決意のこもったまなざしを私に向けた。

『息子はすでに脱出させました。残るはあなただけ。自由になりなさい。普通の女としてどこかで幸せになるのです』

『そ、そんなの無理です。私は、私は……』

『大丈夫だ。お前ならできる』

父が手を伸ばしてきた。血と汗、煤《すす》で汚れた顔でニッと笑う。

『言ったろう？　藤姫は我らの誇りだ。強く生きられるように育ててきた』

ゴツゴツとした指先が涙の跡をたどる。

絶望の淵《ふち》に立たされてもなお、父の瞳は輝きを失っていなかった。

『どんな時だって美味い飯さえ食えばなんとかなる。行け！　生き延びるんだ!!』

ドンと突き飛ばされた。父と母は炎うずまく城内へと戻っていく。

『お父上、お母上ッ……!!』

必死に叫ぶが、崩れてきた瓦礫《がれき》に遮られて、両親の姿は見えなくなってしまった。

『行きましょう』

失意に暮れる私を連れ出したのは、ばあやだ。母の乳母をしていた人。最も信頼している教育係だ。隠し通路を通って裏山の中腹に出る。外の空気はひんやりと冷たく、熱風がうずまく城内とはまったく違った。

『逃げますよ』

『どこに？』
『帝のもとへ。きっと匿《かくま》ってくれるはずです』
ばあやと共に山中を駆けた。息が弾み、体じゅうが痛みを訴えている。
思考は止めたまま、現実から逃げるようにひたすら走り続けて——いまにいたる。
「どうしてこんな……」
ぽつりとつぶやいて涙をこぼした。なにも考えられない。いや、考えたくなかった。
脳裏に浮かんだのは両親の姿。守らなくてはいけないと思っていた民の笑顔。
——すべて失ってしまった。なにもかも炎に包まれてしまった！
煙の臭いがするたびに心がえぐられる。現実に理解が追いつかない。
——嘘《うそ》でしょう。これは夢よね？　なんでこうなるの。
喪失感、絶望感、悲壮感。あらゆる負の感情に見舞われて押しつぶされそうだった。
「大丈夫ですよ。ばあやがついておりますから」
そっと手を握られて胸が苦しくなった。涙を優しく拭ってくれる。
「いつもの姫様らしくありませんよ」
ばあやの言葉に洟《はな》をすすった。
——そうだ、私はおてんば姫じゃないか。メソメソなんて似合わない。

「そうだね。都へ行こう。落ち込むのはそれから」

顔を上げて笑顔になる。強がりでもいい。ともかく気分を奮い立たせたかった。

ドカッ！

鈍い音がした。

「……あ」

ばあやの顔が歪《ゆが》む。次の瞬間、どう、と勢いよく倒れた。

いつの間にか見知らぬ男が忍び寄っている。汚らしい恰好《かっこう》をした野盗だ。手には棍棒を持っていて「こんなところにいやがった」と男は下卑た笑いを浮かべた。

「いやあああああああああ!!」

わけもわからず悲鳴を上げれば、男は苛立《いらだ》たしい様子で私へ手を伸ばしてきた。

「手間ァとらせやがって」

「きゃあっ！」

「暴れんじゃねえぞ」

「ひ、姫様、逃げて……」

「うるせえババア！　てめえは黙ってろ！」

「ぐうっ……！」

蹴られたばあやが沈黙する。あっという間に、猿ぐつわを嚙《か》まされて手足を縛られた。

男は地面に転がった私をしげしげと眺めている。懐から人相書きを取り出す。女性の顔が描いてあるが——おそらく私だった。

「なあ。たぶんコイツだ。確認してくれよ」

背後を見る。そこには異彩を放つ風体の人物が立っていた。

「素晴らしい《チョク・ギュゼル》！」

異国の男だ。病的に白い肌を持ち、海を思わせる青い瞳を持っていた。特徴的なのは服装だ。長布をゆったりまとい、頭には幾重にも布を巻き付けてある。

「東の果てマデ来た甲斐《かい》がありマシタね」

カタコトの和の国語を操った男は、私の前に膝をついた。

顎を持ち上げてしげしげと眺める。美術品を品定めするような不躾《ぶしつけ》な視線。

満足したのか、男はゆるりと目を細めた。

「アナタを最も尊い方ヘノ贈り物に」

衣をひるがえして立ち上がり、野盗に指示を飛ばす。

ばあやは置き去りにして、私だけを連れていくつもりのようだ。

手足を拘束された私になす術《すべ》はない。

強盗の背から、轟々と燃える故郷の姿を呆然《ぼうぜん》と見つめることしかできないでいた。
青天《せいてん》の霹靂《へきれき》。この日から私の世界は一変する。
異彩を放っていた男はダリル帝国から来た奴隷商だ。
為政者の娘として、己の使命をまっとうしようとしていた矢先――
見ず知らずの地で奴隷として生きるはめになった。

一章　和の国の姫君、果ての地で決意す

奴隷商人は、そのまま船で大陸に渡り、絹の道と呼ばれる交易路をひたすら進んだ。

故郷が滅ぼされてから一年後。ようやく目的地に到着する。

ダリル帝国首都、アレハンブル――

金角湾《きんかくわん》を挟み、ふたつの大陸にまたがって栄えている町だ。

到着するなり、奴隷商は市街中心部に位置する天蓋市場《カパル・チャルシュ》にやってきた。

広大な土地に作られた屋根つきの市場だ。対立していた国を打ち倒し、アレハンブルの地を帝国が手に入れた時に建設されたという。

故郷にも市は立っていたが、ここはなにもかもが違った。弓形に張った梁《はり》には多種多様な幾何学模様《アラベスク》が描かれ、店頭を賑《にぎ》わせている品も自己主張が強い。

精緻な文様が織り込まれた絨毯《じゅうたん》。賑やかな色遣いの絵皿。山盛りの香辛料。行儀よさそうにきちんと並べられた乾果類。自慢の品を揃《そろ》えた店が、数え切れないほどひしめき合っている。色の洪水だった。素朴な故郷とは大違い。

行き交う人だってさまざまだ。男女問わず、父より背丈がある人も珍しくない。肌の色だってすれ違う人ごとに異なる。男性はゆったりとした服に口髭《くちひげ》。女性は体のほとんどを隠す服を着ている。

辺りは香と香辛料の匂いで満ちていた。故郷より乾いた空気。人々の口から飛び出すのは、和の国語とは似ても似つかない言語。見るもの聞くものすべてが初めてだった。まぎれもない異国だ。

――こんな遠くまで来てしまった。

胸が押しつぶされそうになる。帰りたかった。里はどうなったのか。両親や、ばあやは無事なのだろうか。確認したいが無理な話だ。

じゃらり。手首にはめられた枷《かせ》が硬い音を立てた。

「大丈夫デスか？」

先導していた奴隷商が振り返る。男の名はカマールと言った。

「疲れたデショ。少し休憩してもいいデスよ」

ゆるりと青い目を細める。優しげなまなざしにムッとした。

「いいえ《ハユル》。大丈夫よ《スクントウヨク》」

道中で学んだダリル語で返すと、嬉《うれ》しそうに笑む。

「わかりました《アンラドゥム》」

満足げにうなずいて、再び歩き出した。ゆったりとした歩調だ。彼からすれば小柄な私が疲れないように気遣ってくれている。

——いったいなんなのよ……。

　カマールはダリル帝国に拠点を構える奴隷商だ。商品となる人間を探して、極東までわざわざ足を延ばしたという。

　大陸行きの船に乗せられた時は、荒れ狂う海に死をも覚悟した。

……が、思い返してみれば大変だったのはそこくらいだ。長い旅路、それなりの苦労はしたものの、過酷さはそうでもない。拍子抜けである。

　ひどい扱いを受ける覚悟をしていたのに、カマールを始めとした隊商の人たちは、たいそうよくしてくれた。食事をきっちり与え、医者に診せ、惜しみなく薬を使い、馬や駱駝《らくだ》に乗せてもくれ、宿にも泊めてくれた。衣服だってそうだ。質は悪くないし、その時々に適したものを用意してくれる。いまの私はアレハンブルに住まう女性たちと同じく、目もと以外を覆い隠した恰好をしていた。

——商品だもの。粗野な扱いはしないと思うけど。それにしたって……。

道中、ダリル語の教育すら施してくれたのだ。破格の扱いだった。鉄の枷で繋《つな》いでいてければ、旅の連れとあまり変わらない。これだけ手間をかけて仕入れ、知識を仕込むだけの価値が奴隷にあるのだろうか。

──理解できない。

未知の国。未知の民族。常識すら推し量れない。

なにもかも違う環境に目が回りそうだった。これから私はどうなるのだろう。

頭からすっぽり被《かぶ》った襟巻《ヒジャーブ》きの中で唇を噛みしめた。大人しくカマールの後について歩く。故郷が恋しくて仕方がない。けれど、逃げようとは思えなかった。帰りたい場所から離れすぎている。糧を得るあてはない。逃げ出したらすぐ飢えて死んでしまうだろう。私はそこらの子どもより脆弱《ぜいじゃく》だ。

──情けない。

涙は出なかった。一年もの旅路で飽きるほど悲嘆に暮れたからか、とうに涸《か》れ果《は》てている。ぽっかり胸に穴が空いたようで感情が動かない。ひどく冷淡なもうひとりの私が、悲惨な運命を行く自分を他人ごとのように眺めている感覚があった。

ガラン、ガラン！

激しい鐘の音がして、ハッと顔を上げた。気がつけば周囲の雰囲気が様変わりしている。店頭にひしめいていた商品は姿を消し、代わりにおおぜいの人間が並んでいた。

奴隷市場だ。

人々が縄で繋がれていた。生成りの絹を思わせる肌の人や、闇に溶けそうな色の肌を持った人が多い。市場は盛況だった。おおぜいの客が商品の前で足を止めている。乳房をあらわにした女性を見つけた。裕福そうな身なりの男が淡々と品定めしている。奴隷とはいえ相手は同じ人間だ。どういう感情で眺めているのだろう。

まさか、私もああやって——？

「やはり調子が悪いようですねえ。動きが硬い」

カマールが顔を覗《のぞ》き込《こ》んできた。ダリル語である。カタコトの和の国語は封印したようだ。くすりと笑んだ彼は「不安ですか」と訊《たず》ねた。

「当然でしょう」

こちらもダリル語で答えると、そうですかとうなずいた。

「安心なさってください。あなたを使い捨ての奴隷のように扱いはしません」

「……どういうつもりなの」

「然《しか》るべき客のもとへ商品を届ける。商人としての基本でしょう？」

どこか読み切れない表情を浮かべ、更に奴隷市場の奥へ進んでいく。

「カマール！」

ひとりの男性が駆け寄ってきた。焦げ茶の髪に碧眼《へきがん》。筋肉質でがっしりした人物だ。カマールと握手を交わした男は、宝石にも似た瞳で私をマジマジと眺めた。

「この奴隷か？」

「ええ。極東の島国で仕入れてきました」

カマールの頬が緩む。私を見つめて、なぜか誇らしげに言った。

「スルタンへ献上するのに最もふさわしい女性です」

「――は？」

聞き捨てならない言葉に、変な声がもれた。

――皇帝《スルタン》……??

困惑している私をよそに、どんどん話が進んでいく。男が買い手のようだ。売り渡した後の段取りに話が及んでいる。

「待って！　待ちなさいよ!!」

思わず声を荒らげた。カマールは不愉快そうに眉をひそめている。

「なんでしょうか。早く商談をまとめたいのですが」

「私をスルタンへ献上するって……本気なの」

必死になって問いかければ、カマールは青い瞳をゆるりと細めた。

「ええ。そのつもりですが？」

「後宮《ハレム》行きってこと⁉　冗談でしょう……⁉」

「まさか。以前も言いましたよね。最も尊い方への贈り物にすると」

衝撃的だった。混乱して変な汗がにじんでくる。

ハレム――スルタンのために美しい女奴隷が集められた場所。旅路の最中にカマールが教えてくれた。おおぜいの女を囲うなんて物好きだと呆《あき》れていたのだが――

――まさか、自分が入る羽目になるなんて思わないじゃない⁉

私は至高の存在への貢ぎ物。だから丁重に扱われていたのかと納得した。

「ねえ。私を送り込んでも、なんにもならないと思うの」

考え直せと視線で訴える。

焦っていた。こちとら〝天狗姫《てんぐひめ》〟である。自他ともに認める器量なしだ。美女がウョウヨいるハレムに入れられても場違いだろう。贈り物どころか迷惑料を取られかねない。

――故郷では容姿なんて関係ないって豪語できたけれど。

ここはどうあっても異国だった。身につけた能力や知識が役に立つとも思えない。

「あなたなら問題ないですよ」

カマールは余裕綽々《よゆうしゃくしゃく》だった。自信さえうかがわせる不敵な笑みを浮かべている。

癪《しゃく》に障る顔だ。無性に腹が立ってくる。

「あのねえ……」

どんな根拠があるというのか。詰め寄ろうとすると、買い手の男が割って入った。

「まあまあ。不安がるのはわかるが……」

男の顔を見たとたん、脳裏にとある考えが閃《ひらめ》いた。

私がどれだけ器量なしかを証明できたら、ハレム入りは回避できるんじゃ？

――よし、やろう。

即決だった。男へ近寄り笑顔になる。

「じゃあ、確認してくれる？」

「え？　え？　え？」

困惑している男をよそに、ヒジャーブを鷲掴《わしづか》みにして取り払う。

「私がハレムにふさわしいか。ちゃんと見てから買って!!」

はらり。灰色の布が地面に落ちる。久しぶりに外気に触れた髪がこぼれた。

――さあ、思いっきり罵るがいいわ！

覚悟を決める。なのに、男から返ってきた反応はまったく想定外のものだった。

「なんて神秘的だろう！」

瞳を輝かせた男は、がっしと私の肩を掴《つか》んだ。興奮気味に叫ぶ。

「目がいい！　アメジストみたいな瞳に吸い込まれそうだ。ツンと尖《とが》った鼻が慎《つつ》ましい。綺麗《きれい》な肌だ。シミひとつない。華奢《きゃしゃ》なのに胸があるのもいい。背丈もちょうどいいし、なによりこの黒髪！　夜の色だ。綺麗だな。ずっと眺めていたい。カマール、極東の島国の女ってみんなこうなのか？　ああ、なんて言ったらいいか……」

ずいっと顔を近づける。頬をほんのり染めて、男は断言した。

「すごい美人だな！　皇帝陛下も気に入るに違いない!!　ぜひ買わせてくれ！」

――な、なんだって――!?

脳天に雷が直撃したような衝撃だった。

予想外の褒め言葉に混乱する。短所だと思っていた部分をぜんぶ肯定されてしまった。

私が美人？　冗談でしょう!?

性癖が特殊すぎる。変わり者なのだろうか……。

ドキドキしていると、知らぬ間に辺りが静まり返っていた。そろそろと周囲の状況を確認すれば、なぜか奴隷市場にいた人々の視線が集まっているではないか。

「ちょっと。アンタがこの子の売り手かい？」

ひとりの商人がカマールに声をかけた。重そうな革袋を取り出して断言する。

「言い値で買おう。いくらだ？」

「……はっ⁉」

変な声がもれる。なんだって？　お前もか。

頭を抱えたくなっていると、周囲の人々がカマールに殺到した。

「おい。俺は三倍出すぞ」

「いやいや。こっちは五倍だ。なんなら子羊もつける！」

「落ち着いてくれ。彼女を売る相手は決まっていて――」

「「どうでもいい。いくらで売ってくれるのかと聞いているんだ！」」

あの奴隷を売れ、どうしたらいい！　あちこちで怒号が飛び交った。とんでもない騒ぎだ。市場に集められた奴隷たちが、ポカンと騒動を見つめている。

「どういうこと……？」

啞然《あぜん》とするしかない。たまたま変わり者が大集結したわけではなさそうだ。

誰もが口々にこう言っている。

「あの娘なら、スルタンの寵愛《ちょうあい》を得るのも容易に違いない！」

――なんなの。誰か説明してよ！

呆然《ぼうぜん》と立ち尽くしていると、群衆を割って男が近づいてきた。

「お前ら、道を空けろ！」

偉そうな態度の男だ。羊毛で織られた白く丈の高い帽子を被り、帽子には大きな羽根に宝石がはまった帽章がついている。腰帯には半月刀を佩《は》いていた。軍人だろうか。部下をふたり従えた男を見るなり、誰かが「イェニチェリだ」とささやいた。

「イェニチェリって……？」

「皇帝直属の歩兵部隊ですよ」

すぐさまカマールが答えをくれる。いけ好かない雰囲気をまとった男は、皮肉な笑みをたたえ、いけしゃあしゃあと言い放った。

「女をよこせ。俺のものにする。別に構わんだろう。我々イェニチェリがいたからこそ、帝国に栄華がもたらされたのだからな。ありがたく差し出せ！」

「ふざけんじゃねえぞ!! こっちは金を払うって言ってんのによ！」

激昂《げきこう》した商人が殴りかかった。綺麗な一撃が男の顔に炸裂《さくれつ》する。

「なっ……なにをしやがる！」

男は腰の刀に手をかけるも、別の商人が小気味よい追撃を見舞った。

「スルタンの親衛隊だか知らねえが、お前らの好きにはさせねえぞ!!」

気がつけば乱闘が始まっている。軍人相手にまるで容赦がない。民から尊敬されていないようだ。関係ない人々も、やんややんやと囃《はや》し立《た》てている。

「これはどういう……」

後ずさると、カマールがため息混じりに言った。

「あなたなら問題ないと言いましたでしょう？」

じっと私を見つめて困り顔になる。

「和の国ではどうだったか知りませんが、この辺りであなたは美人の類いです」

「ええ……？」

顔が引きつった。どう反応すればいいかわからない。

カマールが神妙な顔つきで言った。こくりとうなずく。慌ててヒジャーブを被《かぶ》り直《なお》した。

「逃げますよ」

男たちの視線が恐ろしかったのだ。

「ともかく落ち着ける場所へ」

カマールと共に駆け出す。

こうして私たちは、騒ぎが大きくなっていく奴隷市場から逃げ出したのだった。

＊

「店の奥に隠れていて。騒動を収めてきます」

そう言うと、カマールはどこかへ行ってしまった。

奥まった路地にある店だ。やけに薄暗い。白っぽい土壁には鮮やかな壁かけが飾られ、床には絨毯《じゅうたん》が敷き詰められていた。茶屋なのだろうか。銀の盆の上には、黒い液体が満たされた茶碗《ちゃわん》が湯気を立てている。

「あの」

どうすればいいかわからなくて、おそるおそる店主に声をかけた。白髪まじりの髭《ひげ》をたっぷり蓄えた老人だ。感情のこもらない凪《な》いだ瞳を向けられて、思わず尻込みした。入り口近くで悠々と水たばこを吹かしているだけで、老人はなにも語ろうとしない。

――自由にしていいってこと？　どうせ逃げられないと思われている？

そろそろと周囲を見回す。

客から不躾《ぶしつけ》な視線を向けられて、市場での騒動を思い出してしまった。

――怖い。

ヒジャーブをかき寄せた。奥に部屋があるのを見つけて、小走りで入っていく。

畳三畳ほどの小さな部屋だ。幾重にも帳《とばり》がかけられていて奥が見えない。絨毯を踏みしめると意外なほど柔らかかった。感触を面白く思いながら、分厚く綿を入れた座布団《クッション》が敷き詰められた奥へと向かっていく。

美しく織られた布をくぐった瞬間、誰かの瞳と視線がかち合った。

「誰だ」

先客がいる。気怠《けだる》げな男が窓辺に寄りかかっていた。

彫りが深い顔立ちだ。太陽に愛されたかのように焦げた肌、ツヤツヤした黒髪はゆるく結ってあり、けぶるまつげで彩られた瞳の色は、夏の山を思わせる翠《みどり》だ。大きな瞳、キリリとした眉は意志の強さを表しているよう。厚めでぽってりと柔らかそうな唇は、和の国の男に見られない特徴だった。

外にいる男たちより、いくぶん薄着だ。精緻な刺繍《ししゅう》が施された短い上着《カフタン》からは、素肌が覗《のぞ》いている。男性らしい大きな骨格に、まったく無駄のない肉付き。鍛え上げられた肉体は、虎を思わせるしなやかさを持っていた。

「誰の許しを得て入ってきた」

不機嫌そうに眉をしかめ、近くに置いてあった短銃へ手を伸ばす。

「あ、あの。えっと。私は――」

慌てて両手を挙げた。まずい。変な場所に入り込んでしまった。

じゃらり。鉄枷《てつかせ》が硬い音を立てると、男はピクリと片眉を上げた。

「奴隷か」

単刀直入に問われてうなずく。怪訝《けげん》な表情を浮かべつつも短銃から手を離した。

視線は私を捉えたまま。警戒を解くほどではないが、害はないと判断されたのだろう。

ホッと息をもらした。とりあえずは問題なさそうだ。

「お、お邪魔してすみませんでした。失礼しま――」

場を辞そうとして、ぴたりと動きを止める。

視界の中にあるものを見つけてしまったからだ。

無造作に置かれた盆に料理が載っている。穀物と肉を混ぜ込んで炊いた料理だ。

出汁《だし》で黄金色に染まった楕円形《だえんけい》の穀物は、私が幼い頃から親しんできた食材だった。

ああ！　まさかこんな遠い地でも出会えるだなんて。

「――お米……!!」

ごくりと唾を飲み込む。ぐううううっ！　とお腹《なか》が空腹を主張し始めた。

「ひっ！」

真っ赤になってお腹を押さえる。

――いやだ！　私ってばなにをしているの!!

羞恥に悶《もだ》えながら涙目になる。

だって仕方がないじゃないか！　この一年、まともにお米を食べられなかった。旅路で摂《と》れる食事なんて限られている。硬い麵麭《パン》やら干し肉やら薄い汁ものやら……温かい食事だって稀《まれ》だ。そこに米が現れたわけである。お腹が鳴るのも当然だ。

米は和の国の主食であり心。人生、いつだってそばにお米があった。

──それにしたって。いま鳴らなくても……！

ヘナヘナと膝をつけば、男が笑ったのがわかった。

外へ向けて声をかける。なにやら指示を飛ばせば、店主が新たな盆を手に戻ってきた。

「おい！」

私の前に置いて去る。そこには、白い湯気を立てたお米料理があった。

「……これは？」

そろそろと訊《たず》ねれば、男は不敵に笑って言った。

「羊の炊き込みご飯《ピラウ》だ。食べたかったんだろう？」

「──！　ありがとう！　いただきます!!」

礼を口にするやいなや、ヒジャーブを剝ぎ取って放り投げる。

男の表情が動いた気がしたが、構わずに料理に手を伸ばした。

「んんんん〜〜〜!!」

ぱくり。ひとくち食べたとたんに身悶えした。

遠い異国の料理だ。未知の味付けである。だが、なんとも言えぬ味わいがあった。

特徴的なのは香辛料の使い方だ。辛みはなく、甘めの優しい味わいを複雑な香りがより豊かにしてくれている。もっちりしたお米には出汁がしっかり染みていて、口へ運ぶごとに鼻孔を香辛料の香りが突き抜けていった。中にはお肉がゴロゴロ入っている。猪肉《いのししにく》や野鳥とも違う味わいがあった。羊肉だ。じゅわっ！　嚙《か》みしめるごとに肉汁があふれ出た。甘い脂が広がっていく。まあ美味《おい》しいのなんのって！　これはいい。初めての味だが、ぜんぜんいける！

「……幸せ……！」

あまりの美味にうっとりする。匙《さじ》を動かす手が止まらない。

遠い異国に来てまでご馳走《ちそう》が食べられるなんて。

ああ、美味しい。ご飯って美味しいなあ！

「あ——」

ぽろり。涙がこぼれた。脳裏には父の言葉が蘇《よみがえ》っている。

『どんな時だって美味《うま》い飯さえ食えばなんとかなる』

──本当ですね、お父上。

ずっと不安だった。涙すら出ず、まるで動かない心が怖かったのだ。体の中に別人を飼っているようで、いつか本当の自分が殺されるのではないかと恐ろしかった。

だけど、ご飯がすべてを解《ほぐ》してくれた。心が活動を再開した気配がする。ほんの少しだけ、故郷で潑剌《はつらつ》と過ごしていた頃の自分が戻ってきた気がした。

「おい……」

男が動揺している。笑顔になった私は「すみません」と涙を拭った。

「別にいい。いろいろあるだろうしな」

手巾《ハンカチ》を差し出す。優しい男だ。奴隷に気遣いができるなんて。

「ありがとうございます。スルタンのハレムに入れると言われて動揺していたんです」

「──動揺？」

不思議そうに首を傾《かし》げる。

「なにを戸惑う必要がある。奴隷ならばハレム入りは喜ぶべき事態だろう？」

「そうなのですか？」

「ああ」

鷹揚《おうよう》にうなずいた男は、じっと窓の外を見つめた。気持ちのいい快晴である。穏やかな昼下がり。どこからか子どもの声が聞こえる。世界は柔らかな光に充ち満《み》ちていた。

「ダリル帝国は他に類を見ない強国だ。他国の男児には、みずから志願して奴隷になる者もいる。そこらの貧しい寒村よりか、よほどいい暮らしができるそうだ」

「自分から⁉　すごいですね」

「だろう？　女だってそうだ。皇帝のハレムともなれば多額の予算が割り振られる。頂点に上り詰めれば、どこぞの王族よりも豊かに暮らせるだろう。それに、今代のスルタンの見目は評判だぞ？　女どもは嬉々《きき》としてハレム入りを望んでいるらしいが――」

自嘲気味に笑った男は、私を見つめて言った。

「俺はかの王に似ているらしい。どう思う」

――どう思うって言われても。

よくわからない問いかけに戸惑った。

まあ、ご飯をご馳走してくれたのだ。これくらいは答えてもいいだろう。

「そうですね」

コホン。小さく咳払《せきばら》いをして、はっきり断言する。

「焦げた味噌《みそ》って感じです」

「は？」

男の顔が引きつった。構わず持論を展開する。

「私の美的感覚からは、外れているという話ですよ」

和の国では、少年の面影を残したまろい頬、涼やかなまなざしに薄い唇、猛々《たけだけ》しい馬を自在に乗りこなす武士こそが理想とされていた。そう、塩のようなあっさり感が好まれるのだ。その点で言えば、目の前の男は濃すぎる。焦がした味噌に砂糖をたっぷりまぶして、更にみりんを足したような力の入れようだ。

整った顔をしているとは思うが――有り体に言うと、好みではなかった。

「ブハッ……！」

素直な感想を口にすると、男は盛大に噴き出した。プルプル肩を振るわせている。よほど面白かったのだろうか。啞然《あぜん》としていると男は顔を背けたまま言った。

「み、味噌がなんなのかは知らないがッ……！　アッハハハハ！　最高だな。世の中の女がすべてお前のようだったらいいのに！」

「どういう意味です？」

「いい男を見ると、女はすぐにしなを作ってくるからな」

「わあ……」

ゾッとした。そういう女性がいるのは事実だが、自分に置き換えてみると鳥肌ものだ。

「容姿にどれだけの価値があるというんでしょうね」

「なぜそう思う？」

「だって、私は故郷で醜女《しこめ》とされていました。なのに、ダリル帝国では美女扱いです。場所が変われば揺らぐ程度の価値を重視するのは愚かでしょう」

「ほう？　美醜はわかりやすい判断材料だろうに。ならば、なにを基準とすべきだ？」

「実力です。それ以外に価値はありません」

さらりと告げれば、男は再び盛大に噴き出した。

「ハッハハハ!!　違いない。だが、女の身でそれを口にするなんて」

男の目がキラキラ輝き出した。興奮気味に顔を寄せてくる。

「誰の考えだ。お前か？　親か？」

「父です。醜女なのだから実力ですべてを摑《つか》み取《と》れと。私も同じ考えです」

「まさにそのとおりだ。この国を見ろ。ダリル帝国は実力主義で栄華を摑み取ってきた。貴族主義の国々とは考え方が違う。一介の羊飼いですら将軍になれるんだからな！」

勢いよく語り切った男は、好みの玩具《おもちゃ》を見つけた子どもみたいに笑った。

「お前、面白い奴だな？」

目を瞬《まばた》く。なんとも不思議な男だった。

自分でも奇抜な考えだと思うのに、こうも簡単に受け入れてくれるだなんて。

「でも――」

そっとため息をこぼす。

「そう言っていられるのもいまのうちですよ。ハレムで……異国で生き延びるためには、私も男に媚《こ》びないといけない」

ギュッと拳を握りしめる。気分がどんどん落ち込んでいく。

「しょせんは奴隷です。お金で売られていく運命なんですよ。実力なんてささいな問題でしょう？　自由な身分なんて夢のまた夢……」

別れ際、母は自由になれと言ってくれた。だのに、これから行くハレムは閉ざされた世界だ。二度と出られない可能性だってある。

死に目の願いすら叶《かな》えてあげられない。なんて親不孝な娘だろう。

「なにを言う。ハレムの奴隷は自由民になれるぞ」

男の言葉にハッとした。

「死ぬまでハレムにいるわけではないんですか」

「そんなわけがあるか。皇子の母になったり、ハレムの要職に見いだされたりすれば話は別だが……年季が明ければ外へ出られる。市民になる者もいれば、高官に下賜される者もいるぞ。国教で、奴隷の解放は善行だと神が定めているからな」

「本当ですか！」

興奮で声が震えた。男は口《くち》の端《は》を持ち上げて笑う。

「嘘《うそ》は言わない。より高官に下賜されるように立ち回れば将来も安泰だろう。……そうだな。母后《ヴァリデ・スルタン》に気に入られればいい」

「母后……？」

「皇帝の母親だ。ハレムの実権を握っている」

ニヤリ。男の瞳にどこか悪戯《いたずら》っぽい光が浮かんだ。

「なあ、自由を得るためにハレムに飛び込んでみたらどうだ。取り入るべきは母后であって男に媚びる必要もない。実力ですべてをひっくり返せばいい」

畳みかけるように言って、最後にこう締めくくった。

「少なくとも市井の奴隷よりかはマシだろう」

「そう、ですか」

もしかしたら、思った以上に未来は明るいのかもしれない。

「じゃ、じゃあ——」

希《こいねが》うように両手を握る。

「ハレムで何年か過ごして退廷した後なら、故郷に戻れるんでしょうか」

「………。待っている人がいるのか」

無言のまま首を横に振る。

愚かな、非現実的な願いだとわかっていた。故郷は燃えてしまったのだ。両親や弟は尾《お》田《だ》の軍勢に殺されたのだろう。豊かだった里にはなにも残っていない。たとえ復興していようとも、そこに住む人間がかつて愛した民だとは限らないのだ。

それでも帰りたかった。

人生の最後に踏みしめる土は故郷のものがいい。

そう願ってやまない。

「帰るだけなら……できるだろうさ」

男の言葉に胸が弾んだ。慰めだとわかっていても嬉《うれ》しくなる。

これで目標が決まった。見えない未来に怯《おび》えているよりかはよほどいい。

「──では、ハレムに参ります」

思いのほか凛《りん》とした声が出た。

自由になるためにハレムであがく。そう決意した瞬間だった。

「そうか」

男がゆるりと笑んだ。

手を伸ばして私の髪に触れる。やわやわと手触りを確かめ、ぽつりと言った。

「ハレムに入る時は新しい名を冠するものだ。〝ライラー《新月の夜》〟。こう名乗るといい」

「……どうしてあなたが名づけるの？」

素直な疑問をぶつけると、男はクックッと楽しげに笑った。

「ああ！　ここにいましたか！」

カマールが戻ってきた。

ドカドカと部屋に入ってきたかと思うと、心底くたびれた様子で一息つく。

「ようやく乱闘が収まりましたよ。イェニチェリには困りますね。さあ、買い手のもとへ行きましょう。時間がないのですよ。奴隷を献上するにも準備が必要です」

「そうね。わかった」

ふいに後ろを振り返ると、男の姿はすでにない。煙のように消えてしまっている。窓から出ていったのだろうか。壁かけの一部がゆらゆら揺れていた。

――あの人はなんだったのかしら。名前も訊《き》けなかった。

ぼんやり窓の外の景色を眺めていると、カマールが怪訝《けげん》な声を上げた。

「どうしました。まだハレムに行きたくないとごねるつもりですか。そもそも、奴隷のあなたに拒否権なんて――」

「いいえ」

ゆっくりと振り返り、私をさらってきた奴隷商を見つめる。

「ハレムへ行くわ」

覚悟は決まっていた。私の態度にカマールは首を傾《かし》げている。

「どんな風の吹き回しですか」

「さあね」

質問をかわして部屋を出た。男たちの注目が集まっている。ふわりとヒジャーブを頭から被《かぶ》った。不躾《ぶしつけ》な視線にも臆さない。なにも怖がる必要はないのだ。

私はハレムで自由を手に入れる。

いつか故郷へ戻るのだ。

二章　和の国の姫君、ハレムへ行く

アレハンブルに到着して一ヶ月ほど経《た》った。

私の買い手はイェニチェリの高官だ。奴隷市場で最初にやり取りしていた男である。男は邸宅でさまざまな教育を私に施した。主に筆記や宗教の知識、礼儀作法に関してだ。

ダリル帝国は宗教国家だった。すべての規範に一神教の教えが組み込まれている。一神教では、同じ信徒を奴隷にできない。結果、外国人が奴隷として連れられてくるのだが、ハレムへ入れる前に最低限の教育を施すのが普通だった。奴隷は皇帝《スルタン》への貢ぎ物。ある程度の教養は身につけておくべきというわけだ。

ハレムには、五百人もの女性が囲われていた。当然だが、それぞれ贈り主にあたる人物がいる。貢ぎ物となった奴隷がスルタンに気に入られ、寵姫《ちょうき》にでもなれば、献上者の地位が向上する。奴隷もしょせんは政治の道具だ。

「ライラー。明日にはハレムへ行ってもらう」

「かしこまりました」

従順な態度で頭を下げれば、男は満足そうに笑う。

〝ライラー〟というのは私の新しい名前だ。

例の男がつけたのと同じ。黒く美しい髪を讃《たた》える意味があるらしい。

改名のきっかけは、ハレムに入るにあたり強制的に改宗させられたからだ。

奴隷にする人間が同じ神を信じていると都合が悪いのに、自分たちの家へ受け入れるために は、信じる対象を同じにしろという。実に身勝手な話だ。

とはいえ、不満には感じていなかった。違う名で呼ばれようとも私は私だ。

どんな場所で生きようとも、どんな神を信仰しようとも。なにも変わらない。

両親からもらった名前をそっと胸の中に仕舞い込む。

気分は上々、やる気に満ちあふれていた。

――ともかく、目的ははっきりしている。

ハレムで母后《ヴァリデ・スルタン》に気に入られ、高官に下賜してもらえるように動く。

できればスルタンには近寄らない。万が一にでも子を孕《はら》んだらことだ。

――そもそも、おおぜいの女を囲っているのが気に入らないのよ。

私にとって後宮といえば源氏物語《げんじものがたり》だ。昔から親しんできた作品だが、どうにも光源氏《ひかるげんじ》を始めとした平安貴族たちの恋模様が好きになれなかった。男はあっちに美人がいたらフラフラ。こっちに美人がいたらフラフラ。女だってそうだ。たとえ相手が婚姻していようとも、流されるまま身を預けている。ちっとも真摯じゃない。

しかも、光源氏が末摘花《すえつむはな》へした仕打ちったら！

末摘花は器量がいいとは言えない姫君だ。光源氏は、貧しい末摘花に援助をしながらも、一方では容姿をからかう絵を描いて嘲笑《あざわら》っている。最低な男だと思った。同じ器量なし仲間として同情したものだ。

——スルタンも似たような遊び人に違いないわ。

理想の男性像は父だ。筋が一本通った武家の男。平安貴族のような男は願い下げだった。ぜったいに会わないで過ごすと覚悟を決める。

ともかく、おおぜいの女がひしめくハレムで、自分なりの居場所を見つける必要があった。お局《つぼね》はどこにでもいる。源氏物語でも、光源氏の母親……桐壺更衣《きりつぼのこうい》が凄惨ないじめに遭って死んでしまった。ハレムで生き抜くにはできるだけ目立たない方がいい。

「いろいろと苦労するかもしれませんが、私なりにがんばってきます」

——あなたの昇進に寄与するつもりはないけれど。

本心を隠して笑みを浮かべれば、男は苦笑をもらして言った。

「まあ、気楽に行け。努力しなくとも、すぐにそれなりの地位まで行けるだろう」

「……どういうことです？」

「アイツがお前を選んだんだからな。当然だ」

意味深な言葉だった。なんだか不穏な気配がする。

＊

翌日、いよいよハレムへおもむくことになった。

馬車に揺られて小一時間。車門を抜ければ――そこはすでに許された者しか滞在できない秘密の花園。バトラ宮殿だ。

案内されて立ち入ったのは、大きな広間《ディワーン》だった。

あまりにも豪奢《ごうしゃ》な内装に息を呑《の》む。

壁一面に青い蔓草《つるくさ》文様を装飾した陶板が張られ、丸屋根の内側は黄金と瑠璃で飾られていた。広間の中央には人工の泉水盤が設置されている。碧玉《へきぎょく》で作られた噴水だ。なみなみと清水がたたえられ、涼やかな水音を辺りに響かせている。壁際には長椅子があった。素顔を晒《さら》した女性たちが腰かけ、七色の羽を持つ鳥と戯れている。贅《ぜい》を尽くした作りだ。

窓にはめられた格子だけが、外の世界との断絶を表していた。

「ああ。待ちかねたぞ」

噴水の前でとある人物が待ち構えていた。夜更けの空に似た肌を持っている。男でも女でもない。宦官《かんがん》――性器を取り去り、第三の性を持つにいたった人間だ。

「私が至福の家《ダーリュッサアデ・アアス》の長。ハレムの管理を任されている。宦官長とでも呼ぶといい」

「よろしくお願いいたします」

深々と頭を下げれば、宦官長はゆるりと目を細めた。

「なるほど。聞いたとおりだな。流暢《りゅうちょう》だ。訛《なま》りひとつない」

宦官長は「ついてこい」と歩き出した。小走りで後を追う。

――これから大部屋に案内されるのだろうか。

新入りは新参者《アジェミ》と呼ばれ、複数人が使用する部屋を与えられる。先輩から、ハレムでの過ごし方や基本的な振るまいを習うためだ。楽器の演奏や舞い、刺繍《ししゅう》や手芸……教養を身につけるごとに、奴隷の娘はハレムの女へと変わっていく。見習い期間を終えた後は、女中《カルファ》としてさまざまな仕事が割り振られた。スルタンに侍《はべ》る人間はごくわずかだ。それ以外は、ひとつの歯車としてハレムの運営に携わっていく。

――ここが正念場だ。

心臓が高鳴っていた。目立たず、近しい人間によい印象を与えなければならない。

──でもなあ。

不安が拭えない。同年代の女性と友人付き合いをした経験がないからだ。

昔から、城にこもって稽古や勉学に励んでばかりいた。そもそも為政者の娘である。おいそれと国から出られず、似たような境遇の女の子と遭遇する機会自体がまれ。母が若い頃は、寺院に参拝するため遠出したりしたそうだが……。

──世が乱れてからはそれどころじゃなかったし。

民にはもちろん若い娘もいたが、身分が違った。相手が気を遣わないはずがない。無意識に居丈高な態度をとっていたとしても「姫様だから」と許されていただろう。

もし、うっかり同じアジェミにひどい態度をとってしまったら……？

──まずい。まずいわ。すっごくまずい。

冷や汗が止まらない。懸念すべきはもう一点あった。

──そもそも掃除洗濯の経験がない！

腐っても姫である。雑巾がけすらした記憶がなかった。

どう考えても役立たず──

掃除すらできない奴隷に価値はあるのだろうか。前途多難である。

──このままじゃ桐壺更衣《いじめ》まっしぐらじゃない？

ほんのり吐き気をもよおしながら歩いていると、宦官長が立ち止まった。

「お前の部屋はここだ」

ポカン、と口を開けたまま固まる。

「ここですか？」

確認すれば、「そうだ」と宦官長がうなずく。

案内されたのは、先ほどの広間からそう離れていない場所だった。

どう見ても大部屋ではない。こぢんまりとした部屋の壁には玉飾りが刺繍された壁かけが飾られ、天鵞絨《ビロード》の帳《とばり》がゆらゆら揺れていた。豪奢な絨毯《じゅうたん》の上に陽が散っている。露台からは広大な中庭が望めた。鏡台の上には宝石箱。奥には天蓋つきの寝台まである。

贅沢《ぜいたく》な部屋だ。まるで特別な人を囲うためにあるような――

「……もしかして個室？」

「個室だ」

「？？？？」

首を捻《ひね》ってしまった。なんでだ。私も立場上はアジェミだろうに。

「大部屋がいっぱいなのかしら……」

不思議に思っていると、ひとりの女性が近づいてきた。やや癖っ毛の髪。栗色の瞳の若い女性だ。頬に散ったそばかすが可愛《かわい》らしい。宦官長は彼女を淡々と紹介した。

「お前のために女中を用意した。頼るといい」

「デュッリーと申します」

「………は？」

側付《そばづ》きの女中ですって？

意味がわからず固まっていると、宦官長は「後は頼む」と去ってしまった。

なんの説明もない。呆然《ぼうぜん》としていれば、デュッリーが笑みを浮かべた。

「改めて挨拶するわね。デュッリーよ。どうぞよろしく」

気さくな言葉にたじろぐ。主人への態度とは思えないが――

――なんて返事をすればいいの。

怒るべき？　いや、いきなりそれはない。ハレムの常識なんて知らなかった。

和の国では考えられないが、ここでは当たり前なのかも……？

――ああもう！　なんにもわからないわ!!

混乱の極致に陥る。デュッリーは不思議そうに小首を傾《かし》げた。

「緊張しているの？」

そばかすが散った顔を親しげに緩めた。里の民がまとう雰囲気に少し似ている。

こくりとうなずきを返せば、ぱあっと表情を輝かせた。

「なんの遠慮もいらないのに。それよりも！　聞いたとおりの美人さんねっ！」

グルグルと私の周囲を回っては感嘆の声を上げる。

顔を寄せ、手を取っては笑顔になった。

「綺麗《きれい》な黒髪！　すっごいわ。これって染めたわけじゃないのよね？」

「え、ええ……」

ようやく声を絞り出せば、デュッリーはますます嬉《うれ》しげに言った。

「嘘《うそ》。信じられない。最高だわ。華奢《きゃしゃ》な感じがそそるわね～！　顔つきだって神秘的で素敵。こりゃあどんな男もイチコロだわね。うんうん、これだったら……!!」

ムフフ、とデュッリーはほくそ笑んでいる。

賑《にぎ》やかで仔犬《こいぬ》のような無邪気さがある。人懐っこい感じがして好印象だ。

――この子となら上手《うま》くやれるかも……？

そんな気がしつつも、素直に喜べない自分がいた。

「ね、ねえ、デュッリー。私はアジェミじゃないの？」

普通は大部屋から始まるはずだ。いきなり側仕《そばづか》えができはしないだろう。それこそ高位の妾《ジャリエ》でもないかぎりありえない。

——目立つわけにはいかないの。普通の待遇がいちばんなのに……！

必死に違和感を伝えると、デュッリーは悪戯《いたずら》っぽく目を輝かせて言った。

「あなたに見習い期間はないらしいわよ。特別だから」

「……特別？」

「ええ！　そうよ」

謎が深まっていく。そんな扱いをされる覚えはなかった。

「どういうことか説明してくれない……？」

混乱のあまり心細くなった。そろそろと訊《たず》ねればデュッリーが眉尻を下げる。

「私もよく知らないのよね。そういう風に扱えって命令されただけで——」

ぱちり。茶目っけたっぷりに片目をつむる。

「ま、そのうちわかるんじゃないかしら」

「………？」

どうなっているのだろう。

不安を覚えていると、デュッリーは私の手をギュッと握った。

「来たばかりだもの。心細いわよね。大丈夫。お世話は任せて。なんでも言ってよ。ライラーが気持ちよく過ごせるようにする。私ね、あなたみたいな人を待っていたの」

温かい、陽だまりみたいな言葉だった。じんと胸に沁《し》みて緊張が和らいでいく。

「じゃ、じゃあ仲良くしてくれる？」

「もちろんよ！」

「いろいろ教えてね。お掃除や洗濯の仕方も。どうすればいいかわからなくって」

「――やだ。掃除洗濯がわかんないの？　どこのお姫様よ！」

心臓が軽く跳ねる。彼女は悪戯っぽく目を輝かせて続けた。

「なにも心配する必要はないわ。あなたのお世話は私の仕事。ぜんぶ任せて！」

屈託なく笑って「好きに過ごしてくれればいいのよ」とさえ言ってくれる。

「ライラーにしかできない役目ってものがあるんだからさ！」

飾らない言葉に心から安堵《あんど》した。

誰ひとり知り合いがいないハレムで、デュッリーの存在はまぎれもなく救いだ。

「ありがとう。どうぞよろしくね」

そっと頭を下げれば、デュッリーはニッと無邪気に笑って言った。

「一緒にがんばろうね。私たち一蓮托生《いちれんたくしょう》じゃない！」

――さすがにそれは言いすぎじゃないかしら……。

苦笑しつつもうなずく。

「あなたがお付きになってくれてよかった。デュッリー」

満面の笑みを向ければ、デュッリーの頬が薔薇色《ばらいろ》に染まった。

「ね、ハレムを案内するわ。これから生活する場所よ。知っておくべきだと思わない？」

申し出に心が躍った。

正直なところ、豪華絢爛《ごうかけんらん》な建物に興味がそそられて仕方がなかったのだ。

「ぜひ！」

手を繋《つな》ぐと、私たちはさっそくハレム探検へと出かけたのだった。

＊

バトラ宮殿は迷路のように入り組んでいる。

歴代のスルタンが、お気に入りの妾ができるたびに個室を作って与えた結果だ。

「隠し通路なんかもたくさんあるらしいわよ！」

ハレム内を散策しながら、デュッリーがウキウキ話している。

「寵姫《ちょうき》の部屋はね、スルタンの部屋から直接行けるようになっているらしいわ！」

「なんのために？」

「そりゃあ逢瀬《おうせ》のためよ。素敵ね。一時も離れがたいんだわ……」

デュッリーがうっとりと頬を染めている隣で、ひとり物思いに耽《ふけ》っていた。

——命を狙われた時に都合がいいのかしらね。スルタンにとっても寵姫とっても。

逃亡先としてちょうどよかったのだ。すべては身を守るため。そう思えば納得がいく。

「ハレムも安全じゃないってことね」

隠し通路のひとつくらいは確保しておくべきかもしれない。スルタンでなくとも利用できる通路があるはずだ。有事の際に身を守る方法を考えておくべきだろう。

「どうしたの？　怖い顔してるけど」

デュッリーが怪訝《けげん》そうに私を見ている。

「え？　あ？　いやあ。アハハハ……」

上に立つ者は己の命を最優先して確保しなければならない。逃走経路の把握は基本中の基本。父や母からの教えだった。

——馬鹿ね。もう命を狙われるような立場じゃないのに。

愛想笑いを浮かべて、改めてハレム内を眺める。

「相当に広いわね。豪華絢爛な建物がびっしりでめまいがしそう」

「そりゃあね！　帝国支配者の私的な場所よ？　貧相な造りじゃ恰好《かっこう》がつかないわ」

中庭に出たデュッリーは東の方角を指し示した。

「あっちは宦官《かんがん》の居住区。北には母后専用の礼拝所と浴場《ハマム》にお部屋。向こうにスルタンの居住区があるわ。ほら、豪華な丸屋根が見えるでしょう」

「奥にも建物があるけど……？」

「ああ、あれ？」

デュッリーが困り顔になった。複雑そうな面持ちで建物を見つめている。

「――鳥籠《カフェス》ね。亡くなった先帝の皇子が幽閉されている場所」

「幽閉!?」

「いまのスルタンになにかあった時のためにって、閉じ込めてあるんですって。代替わりがない限り、外に出ることもないそうよ」

――次代になんて仕打ちを……。

全身の肌が粟立《あわだ》った。健全でない環境に閉じ込められた皇子は、役目が回ってきた際に正常に機能するのだろうか。考えただけで恐ろしい。

青白い顔をしているのに気がついたのか、デュッリーは苦笑を浮かべた。

「まだマシになった方なのよ。少し前まで、スルタンが変わるたびに長男以外の男児は皆殺しだったんだから。百人以上も子がいた時代は大変だったみたい。皇帝が死んだとたんに阿鼻叫喚《あびきょうかん》よ！　男の子は絹で首を絞められ、妊婦は海に投げ入れられたとか……」

あまりにも凄惨な事実に息を呑《の》む。異文化の壮絶さを受け止めきれないでいると、デュッリーがへらっと緩んだ笑みを浮かべた。

「過去の話よね。それよりも行きたい場所があるの。ここよりもずっと素敵な場所。浴場よ。もう、すっごいんだから！　設備のすべてが最高級！　ついでに――」

キラリとデュッリーの瞳が光る。

「ライラーを磨いておこうかなって」

「……へ？」

ぺろり。舌なめずりしたデュッリーは、がっしと私の二の腕を摑《つか》んだ。ただならぬ雰囲気である。さながら獲物を見つけた猟師のよう――

「せっかくの美人さんなんだから、もっと綺麗になりましょうよ！」

「な、なななな、なに？　目つきが怖いんだけど!?」

「大丈夫。怖がらなくていいからね。すっごく気持ちいいのよ」

「ぎゃ、逆に不安になるのは私だけかなあ……!?」

デュッリーはどこまでも強引だ。

なにがなんやらわからないうちに、ハレムの浴場に連れ込まれてしまった。

初めて見た浴場は、私に鮮烈な衝撃を与えた。

内部は三つの部屋に区切られている。着替えをしたり、火照《ほて》った体を冷やしたりする控えの間の先に、低温浴室と高温浴室があるという。連れてこられたのは高温浴室だ。白い大理石をふんだんに使用しており、奥の壁には蔓草《つるくさ》模様の陶板がびっしり飾られている。天井付近からは、燦々《さんさん》と陽光が降り注いでいた。色硝子《いろガラス》がはめられていて、陽が透けて中に差し込んでいるのだ。床はさまざまな色の丸石が敷き詰められ、壁面に設置された給水盤からは、驚くほど豊富な湯があふれ出し、大きな浴槽に注がれている。汗がにじむくらい暑い。沈香《じんこう》の芳しい匂いが満ちていて、どこからか楽器の音色が聞こえてくる。

――すごい。こんなの初めて見た。

心臓が激しく脈打っていた。

じりじりと後ずさってぽつりとつぶやく。

「みんなすっぽんぽんだわ……！」

ありえなかった。浴場にはおおぜいの女性がいる。かろうじて大切な部分は布で隠しているものの、誰もがおおっぴらに素肌を曝《さら》け出《だ》していた。外ではあんなに厳重に覆っていた癖に。浴場じゃ気にならないのね!?　あまりの落差に風邪を引きそうだ。

「うう……恥ずかしい……！」

私も裸だった。布をギュッと握りしめて、素肌を晒《さら》すまいと決意を固くする。

「なんでそんなに拒否するのよ？」

「ヒッ！　ま、前くらいは隠しなさいよぉ……！」

デュッリーの態度は堂々たるものだった。豊満な肉体を見せつけられて真っ赤になる。

あからさまに顔を背けると彼女は呆《あき》れた様子だった。

「和の国……だっけ？　お風呂に入る習慣がなかったの？」

「あったわよ！　もちろん!!」

でも、こんな大人数で入ったりしない。入浴はいつもばあやと二人きり。それも、湯帷子《ゆかたびら》の上からかけ湯をするか、狭い浴室に蒸気を満たして入る蒸し風呂だ。保養地では湯に浸《つ》かったりもするそうだし、寺院では民のために湯を振るまったりしたそうだが、私には親しみがなかった。

「私の知ってるお風呂と違う〜！」

頭を抱えていると、デュッリーがクスクス笑った。

「しばらく市街の邸宅で過ごしてたでしょ。その時はどうしてたのよ」

「よぼよぼのお婆《ばあ》ちゃん奴隷と二人だけだったから、適当に湯を使ってたの」

「なるほどねえ」

そもそも専用の浴場はなかった。湯を張れる設備を持つ家はよほどの金持ちだ。

「部屋に戻ります」

さっさと踵《きびす》を返す。とたん、強い力で腕を掴まれてしまった。

「逃がさないわよ。磨くって言ったじゃない」

ぎらり。デュッリーの瞳が妖しく光る。

「お願いします！」

一声かければ、おおぜいの女性が寄ってきた。

風呂釜役《キュルハンジュ》……浴場の管理をしている女中たちだ。私から素早く布を剥ぎ取ると、あれよあれよという間に体を洗いあげ、髪をゆすいで湯船に放り込んだ。恐ろしい手際だ。

「ふわあ……」

湯船に浸かったとたん緩んだ声が出た。末端からジワジワと熱が伝わってくる。緊張で硬くなっていた体が自然と解《ほぐ》れていくのがわかった。

「ゆ、湯船に浸かるってこんなに気持ちいいの？」

あまりの衝撃に呆然《ぼうぜん》としていれば、ひとりの風呂釜役が近づいてきた。

「失礼いたします」

縁に寄りかかっていた頭に、熱めのお湯がかけられる。すかさず香油を注ぎ、頭皮を揉《も》み始《はじ》めた。強い力で押されると、脳天が痺《しび》れるくらい気持ちいい。いい匂いがする油をすり込まれた時には、思わず深呼吸してしまった。

「……な、なにこれぇ」

ふにゃふにゃの声を出すと、そばにデュッリーが立っているのに気がついた。

「ライラー。全身をマッサージしてあげるわ」

「まっさ……？」

「マッサージよ」

にこりと笑みを浮かべて手を差し伸べる。

瞳には熱がこもっていて、なぜだか底知れぬ艶っぽさを醸し出していた。

「言うことを聞いたら、いまより気持ちよくしてあげるって言っているの」

「デュッリー……！」

——きゅうん、と胸が高鳴った。

抗《あらが》えるはずもない。

彼女の手を取った私は、めくるめく新しい世界へ旅立った。

「——!?」

ほんのり温かい大理石の寝台に横たわりマッサージを受ける。体中の凝りを解され、たまった垢《あか》をこそぎ落とされた。未知の感覚に蕩《とろ》けそうだ。水分を拭き取った髪には念入りに油がすり込まれ、最後に香水をたっぷりまぶされる。しかも。しかもだ！

「これは……！」

浴場内ではお菓子がふんだんに振るまわれていた。木の実《ナッツ》を使った焼き菓子バクラヴァ、雪をまぶした甘い瓜《うり》、香草のお茶。なにより美味《おい》しかったのは、氷を削って甘い汁をかけたシェルベットだ。口の中に入れたとたんに溶けてしまう儚《はかな》さよ。柑橘《かんきつ》の果汁と冷たい氷が火照った体に沁《し》みていく……！

「あああああ！　浴場最高‼」

ご満悦である。

ここは極楽？　極楽に違いない……。

緩みきった顔でシェルベットを頬張る。羞恥心なんてどこかへ行ってしまった。裸の付き合い？　いいじゃないか。こんなんだったら毎日来たい。

「どうだった？」

デュッリーが私に訊《たず》ねた。笑顔で答える。

「すっごく気持ちよかった。抵抗してたのが馬鹿みたい。ありがとう」

「そう！」

嬉《うれ》しげな彼女の手には、小さな木の椀《わん》が握られていた。

飴色《あめいろ》の液体が、なみなみ入っている。

「なあに？　それ……」

「これ？　砂糖を煮詰めてから、蜂蜜とレモン……酸味の強い果実の汁を加えたの」

「砂糖に蜂蜜⁉　すごい。高級品じゃない⁉　さすがはハレムね。贅沢《ぜいたく》だわ。ねえ、私にもひとくちくれない……？」

ドキドキしてお願いすれば、デュッリーはにこりと不思議な笑みをたたえた。

「ごめんね。食用じゃないのよ。〝アダ〟って言って、こう使うの」

指で掬《すく》ったアダを私の腕に塗っていく。想像よりも粘度が高く、ほんのり温かい。肌に触れると、すぐに硬くなったのがわかった。なんだか嫌な予感がする。

「デュ、デュッリー……？　な、なにを」

困惑を隠せずにいると、アダの端っこに指をかけたデュッリーが、問答無用で一気に引きはがした。

ビリビリビリビリッ！

「ぎゃ――――――っ!!」

浴場に悲鳴が響き渡る。

肌が真っ赤になっていた。涙がにじむ。はいだアダには腕毛がびっしりだ。

「痛い。なにするのよ！」

思わず抗議の声を上げれば、デュッリーはニヤリと楽しげに笑った。

「ライラーのムダ毛、ずうっと気になっていたのよね〜！」

ポン、と私の肩に手を乗せる。

「毛を処理しないのは罪なのよ。ライラー」

「はっ……？」

半目になったデュッリーは、心なしか悟りきったような顔で続けた。

「日に何度か礼拝の時間があるでしょう。神と対面する時、私たちは清い身でなければならないの。清潔は義務なのよ。ムダ毛なんてもってのほか。処理しましょう！」

ハッとして周囲の女性たちを確認する。

誰もがツルッツルだ。ぜんぶ処理するのがダリル帝国では普通らしい。

──私の毛を？　あの痛い奴で？

ざあっと血の気が引いていった。

これじゃ因幡《いなば》の白ウサギだ。

怒ったサメに皮をはがされた時って、こんな気分だったんだわ！

「嫌……」

じりじり後ずさるも、すぐに捕まってしまった。風呂釜役のみなさんだ。手際がよすぎだった。ちっとも動けない。これじゃぜんぶの毛を抜かれてしまう……！

「あ、明日でもよくない⁉ ハレムに来たばっかりなのよ、私‼」

無駄だと知りつつも最後の抵抗をする。

デュッリーは、ウサギを美味しく食べようとしているサメみたいな顔で言った。

「だ〜め！ もうハレムの一員なのよ。最低限の作法《マナー》だわ。それに、今日中に処理しちゃわないと。だって——」

「まったく騒がしいですわね！」

甲高い声が割って入った。知らぬ間に女性の一団がそばに立っている。

「他の人間もいるのよ。静かになさい」

先頭に立った女性が居丈高に言った。

取り巻きを引きつれやってきたのは、銀髪の美女だ。

長い髪は星屑《ほしくず》をまぶしたように輝き、肢体はしなやかで、すらりと長い手足を持っている。秋頃の鹿のように溌剌《はつらつ》として、水を弾く肌は瑞々《みずみず》しい。瑪瑙《めのう》の瞳が美しく、ハレムに来てから目にしたどの女性よりも色白だ。

「ヤーサミーナ……！」

デュッリーが険しい顔になった。私の耳もとでそっとささやく。

「スルタンに侍《はべ》るのを許された愛妾《イクバル》よ。専用の浴場を持っている癖に。なんの用かしら」

ハレムで暮らす女性たちにはいくつかの階級がある。

最高位は母后。次にスルタンの子を成した夫人《カドゥン》。スルタンと閨《ねや》を共にしたイクバル。その下に女官長《ケトヒュダ・カドゥン》、女中頭《ウスタ》、女中、新参者と続く。

今代のスルタンに子はない。愛妾が母后に次ぐ権力者だ。

「ヤーサミーナ様、ご機嫌麗しく」

浴場にいた女たちが膝を折った。慌てて後に続きつつも、内心では苦く思っている。

――目をつけられた？　これってすごくまずいんじゃ。

脳裏では、源氏物語の冒頭の場面が蘇《よみがえ》っていた。ここで下手を打てば、桐壺更衣路線まっしぐらな予感しかしない。おそらく、気を引き締めるべきなのだろう。

――で、でもなあ。

「へえ。あなたが新人？　毛色が変わった娘が入ったと聞いたのだけど」

「はあ」

緊張感に欠けた声がもれる。ヤーサミーナが怪訝《けげん》そうに私を見つめていた。

……そう。すっぽんぽんで。

お願いだから服を着てほしいなあ……!!

心から思った。どうしてこう、ダリル帝国の人たちって開放的なの!?

真面目な話をするなら、ちゃんとした恰好《かっこう》をしてほしい。

必死に笑いの衝動を堪えていると、ヤーサミーナが嫌みったらしい笑みを浮かべた。

「間抜けな顔。絶世の美女と聞いたのに……。しょせん僻地《へきち》から連れられてきた野蛮人ね。パッと見は目を引くけれど。それだけだわ」

「な、なんですって!」

デュッリーが怒りで顔を紅《あか》く染めた。ジロリとヤーサミーナに睨《にら》まれて口を閉ざす。白く変色するほど強く拳を握りしめている。よほど癇《かん》に障ったのだろう。

──いけない。ここで騒動になったら、計画がすべて水の泡だ!

「落ち着いて。私はなんとも思ってないわ」

「ライラー……」

すかさず声をかければ、デュッリーは苦しげに眉をひそめた。

「新入りの方はわきまえているみたいじゃない」

したり顔になったヤーサミーナは、口もとを歪《ゆが》めて言った。

「まあいいわ。あなた、わたしの下につきなさい。お付きにしてあげるわ」

「……お、お付き？　どういう意味でしょうか」

「そのままの意味よ。今代のスルタンは控えめな方でね。女に手をつけたがらないの。母后が宛がった女性で、繰り返し閨に呼ばれている妾はわたしくらい。スルタンのお気に入りなの！　そのうち子を孕《はら》むに違いないわ！」

じわりと瞳に喜色がにじむ。恍惚《こうこつ》にも似た陶酔が広がっていった。

「母后もお年でしょう？　すぐにわたしがハレムの支配者になるわ。お気に入りの女中には、特別な配慮をしてあげてもいいわよ。そのかわり……」

耳もとに口を寄せる。地を這《は》うような声でヤーサミーナは言った。

「出しゃばらないで。わたしとスルタンの蜜月を邪魔したら許さない」

ドン、と強く突き飛ばされる。

尻餅をつくと、ヤーサミーナの取り巻きたちがクスクス笑った。

すうっと笑いの衝動が収まる。小さくため息をこぼした。

――こういう手合いってどこにでもいるのね。

和の国にいた時もそうだった。私自身に災禍が降りかかった経験はないが、噂《うわさ》だけは耳に入ってくる。女同士のゴタゴタは実にやっかい。刀を振るえないぶん陰湿だ。

——申し出を断ったらどうなるのかしら。

ひやりとしつつも、頭の中はどこまでも冷静だった。

母后が高齢なのは初耳だ。事実なら、ヤーサミーナの言葉が現実味を帯びてくるだろう。他人を貶《おとし》める人間の下につくなんて反吐《へど》が出るが、目的を考えれば一考の余地はある。

すっくと立ち上がった。

背筋を伸ばし、ヤーサミーナのまなざしをまっすぐ受け止める。

「……ッ！　なによ」

「あなたの邪魔をするつもりはありません」

へりくだったりせず、ただ事実のみを告げる。まぶたを伏せ、ゆったりとした仕草で頭を下げた。敵になるつもりはない。お気になさらずと態度で示して反応を見る。このまま穏便にことが運ぶようなら、下についてみるのもいいだろう。

父がよく言っていた。

〝敵の情を知らざる者は不仁の至りなり〟と。

結論を急ぐ必要はない。

まずは懐に入り、内情を把握した上で、己の利にならないようなら——

――私は武家の娘よ。誇りにかけて侮辱した償いを受けさせてやるわ。

覚悟を決めた。未来の母后だと言ってはばからない相手をじっと見据える。

見極めてやろうじゃない。愚鈍な主人はいらないわ。

「なんなの」

ヤーサミーナの表情が歪んだ。

「なによその目つき！　気に入らない。少しくらいは擦り寄ってきたらどうなの。わたしを誰だと思っているのよ！」

癇癪《かんしゃく》を起こして金切り声を上げる。「まあまあ」と取り巻きたちが宥《なだ》めに入った。

――可哀想《かわいそう》な人。

彼女の周囲にはゴマをする人間しかいないのだ。

だから、自分に膝を屈しない相手が恐ろしくてたまらない。

「ギャアギャアうるさいわね。そもそも、邪魔をしているのはあなたの方じゃない！」

デュッリーが割って入った。私の横に立ち、声高らかに宣言する。

「いずれライラーの下に屈するのはあなたよ！」

――いや、なんの話？

私にその気はないのに、やけに自信たっぷりだ。

なんだろう。すごく……すごく嫌な予感がする……!!

デュッリーは頬をほんのり染めて、得意満面になって言った。

「聞いて驚きなさい! ライラーはお勤め初日にして母后に呼ばれているのよ……!」

「――は?」

すっとんきょうな声がもれる。声の主はヤーサミーナや取り巻きじゃない。私だ。

「初耳なんだけど!?」

慌てていると、デュッリーは茶目っけたっぷりに片目をつぶった。

「喜ばせようと内緒にしてたの。どう? びっくりした?」

「そりゃあ……」

むしろ吐きそうなくらいだ。あまりにも唐突すぎて頭が回らない。

浴場の女たちの間にも動揺が走っていた。誰もが小声でささやいている。

「いきなりお目通り? 異例だわ……」

「普通はそれなりに年季を重ねてからよね? 最低でも女中になってから」

「ヤーサミーナ様でさえ二年かかったっていうのに……」

よほどの異常事態のようだ。誰もが困惑を隠せない様子だった。

「見え透いた嘘《うそ》を……。みっともないわよ!」

逆にヤーサミーナは息を吹き返している。現実味が薄かったせいだ。水を得た魚のように生き生きとしていた。

「嘘じゃありません。ライラーは特別なのよ。あなたとは違うの！」

「まだ嘘を重ねるの？　あまり賢くないのね。自分を窮地に追い込んでるってのに」

「愚かなのはどっちよ。夫人でもない癖に偉ぶってさ！」

「なんですってえ!?」

両者一歩も譲らない。顔がくっつきそうな勢いで睨み合っている。

――目立たないって決めたはずなのに……。

「け、喧嘩《けんか》はやめて。とりあえずなにか着よう？」

おそるおそる止めに入るも、まるで耳を貸してくれなかった。

なんでこんなことに……。

しょぼくれていると、見慣れない人物が近寄ってきた。浴場内だというのに衣服を着たままだ。やや年かさの女性は、私を見つけるなり眉をひそめた。

「ライラーですね。なにをしているのです。さっさと支度なさい。母后がお呼びです」

しん、と辺りが静まり返る。

誰もが驚愕《きょうがく》の表情を浮かべていた。

ヤーサミーナなんて、まん丸の目がこぼれ落ちんばかりだ。

「あの、あなたは？」

ドキドキしながら訊《たず》ねれば、女性は神妙な顔つきでこくりとうなずいた。

「わたしは母后付き女中《ヴァリデ・ウスタ》です。なんの騒ぎですか。デュッリー、説明なさい」

「は、はいっ！」

デュッリーが女性と話している。事前に話を通していたのに、いつまで経《た》っても姿を見せない私に痺《しび》れを切らし、わざわざ迎えに来てくれたようだ。

「愚かな……」

事情を説明してもらった女性は、心底呆《あき》れたようにため息をもらした。

「争うのはやめなさい。我々はスルタンの持ち物です。どんな時も誇りを忘れてはなりません。ライラー、さっさと参上なさい。母后の怒りを買う前に」

淡々と告げた母后付き女中は、しずしずと浴場から出ていく。

あまりの衝撃で硬直している私に、デュッリーは笑顔を見せた。

「ごめんね。もっと早く終わらせるつもりだったんだ。さっきも言ったとおり、母后からお呼びがかかってるの。おめかしをして会いに行こう。上手《うま》くいけば気に入ってもらえるかも！　スルタンに侍《はべ》るのも夢じゃない！」

ちらりとヤーサミーナを見る。したり顔で続けた。

「そうしたら、そこの高慢ちきな女にでかい顔をさせなくてすむわ」

「ええ……？」

いきなり母后と会談？　なにが起きているの。

めまいがする。思えば、ハレムに来てから違和感ばかりだった。

個室。お付きの女中。アジェミ期間はいらない発言……。異様なまでの厚遇だ。

何者かが裏で糸を引いている？　いったい誰が……。

「なんなのっ！　特別扱いがすぎるでしょう？　誰か説明してっ!!」

ヤーサミーナの声が浴場内に響いている。

聞きたいのは私の方だった。

＊

ハレムの支配者はスルタンである。

しかし、実質的に牛耳っているのは母后だ。

母后専用の区画はハレムのほぼ中心にあった。スルタンの居住区を始めとして、あらゆる場所に素早く関与できる位置だ。ハレム内には息がかかった女中があちこちにいて、宦《かん》官《がん》だって例にもれない。なにかあればすぐに母后の耳に届くだろう。

ハレムで成り上がるには母后の存在を無視できない。イクバルになりたいのなら母后付き女中を目指すのがいちばんの近道だ。もしくは女中頭に取りたててもらい、スルタンを招いたお茶会で世話係を務めればいい。目に留まればしめたもの。その日のうちに至高の存在の寝室に呼ばれるだろう。

目をかけてさえもらえれば可能性は無限に広がる。逆に疎まれれば一巻の終わりだ。宮中からいつの間にか消えた女中は数知れず……。

母后のもとへ送り出される際、デュッリーは私に何度も言い含めた。

「ハレムで安泰な暮らしを得たいなら、母后に逆らっちゃ駄目だからね」

ほとんど脅しである。

正直、母后の間の前に立った時は生きた心地がしなかった。

——大丈夫。挨拶をするだけよ。

そっと息を吐くと、腕にはめた金の輪が軽やかに鳴る。

御前に立つのだからと、デュッリーは大張り切りで私を飾り立てた。

薄物《ヴェール》の生地が垂れている金糸織《きんしおり》の小さな帽子。真珠の首飾り。手首や足首には金の輪がはめられて、歩くたびにしゃらしゃらと軽い音を立てた。金糸で刺繍《ししゅう》をほどこされた繻《しゅ》子《す》には、あちこち宝石や玉が縫い付けられている。下に穿《は》いた着衣は、ふくらはぎのなかほどで裾が絞られていた。二股に分かれた仕様は和の国では見られない。

デュッリーは似合っていると褒めてくれたものの、複雑な気持ちだった。着慣れない衣服の重さが緊張感を募らせる。深呼吸を繰り返すがちっとも落ち着けない。

――気合いを入れるのよ、私。

母后との対面は望むところだ。

あの男も言っていたじゃないか。〝母后に気に入られろ〟と。

自由になるための最初の一歩である。目立たないという決意はまるで意味がなかったし、あまりにも急展開すぎて目が回りそうだけれど――やるしかない。

「ライラーだな。入りなさい」

宦官が私を室内へ招き入れる。

無意識に息をひそめ、そろそろと足を踏み入れた。

入ってすぐに小部屋があった。薄暗い部屋には燭台《しょくだい》がひとつあるばかり。幾重にも帳《とばり》がかけられていて、奥が見えないようになっていた。日がな一日、おおぜいの女中が母后にご機嫌うかがいに来る。来客のための控え室になっているのだろう。

「ここで待ちなさい」

天鵞絨《ビロード》の帳の前に、浴場に迎えに来てくれた母后付き女中が立っている。言われたとおりに立ち止まると、部屋の奥から世にも恐ろしい声が響いてきた。

「いやあああっ！　申し訳ございませんっ！　もうしませんから。だからっ……！」

女が絶叫している。おおぜいの足音。騒動が起きているようだ。

どういう状況かと視線で訊ねた。年かさの女中はわずかに眉をひそめて言う。

「女中への裁きが行われているところです」

「なにか間違いでも犯したのですか」

「ええ。誤って、母后の衣装の裾に珈琲《コーヒー》をこぼしてしまったのです」

「それだけのことで？」

驚きのあまりに言葉を失う。

女中は、ごくごく普通の出来事のように続けて語った。

「それだけではすまないから問題になっています。母后付き女中はスルタンへの給仕も担うのですよ。万が一にでも、至高の存在を傷付ける可能性がある者はいりません」

「やり直す機会を与えたりは……？」

「馬鹿な話はおよしなさい。我々は奴隷です。使えないなら取り替えればよろしい」

「そ、そうですか……」

怖気《おぞけ》が走った。ひたすらに自分の常識を信じている目だ。どんな残酷な仕打ちであろうとも、慣例から外れなければ疑問すら持たない。許容すべきだと考えている。

——これが奴隷。普通の人間と同じように扱ってはもらえないんだわ。

改めてここが異国であると痛感していると、女の声が聞こえなくなっていた。

帳の向こうから人が姿を現す。拘束された女中だ。沙汰が下ったらしい。宦官に付き添われ、涙で頬を濡《ぬ》らして呆然《ぼうぜん》と虚空を見つめている。

「嘘《うそ》よ。嘘って言って。死にたくない。死にたくない……」

ブツブツとつぶやいていた女中は、すれ違った瞬間、思い出したように声を荒らげた。

「嫌よ!!　嫌。海の藻屑《もくず》になるのはいやああああっ!!」

最後のあがきと言わんばかりに暴れる。数人の宦官が駆け寄り、腹部に強烈な一撃を加えた。意識を失い、脱力した女中は宦官に担がれて退出していく。

——海の藻屑……？

なんのことだろう。不思議に思っていると「お行きなさい」と入室を促された。

——ともかく行こう。

固唾を呑《の》んで一歩踏み出した。

帳をぐって行くと、部屋の全貌が明らかになっていく。

広間にはずらりと女性たちが居並んでいた。誰もが落ち着いた物腰で、それなりの地位にある女性だとわかる。室内はきらびやかな品でいっぱいだ。見るからに立派な仕立ての絨毯《じゅうたん》、宝石に彩られた箱、籠に入れられた珍しい鳥、唐ものとわかる漆器、初めて見る楽器まで。母后への貢ぎ物だろう。うやうやしい手付きで女中たちが仕分けている。いままで目にしたどの部屋よりも豪奢《ごうしゃ》だ。黄金で作られた燭台。天蓋付きの長椅子。血が滴るような赤い宝石が施された香炉からは白檀《びゃくだん》の香りがした。すべてに惜しみなく金をかけている。

——あの人が母后なのね。

一段高い場所に設置された長椅子には、ひとりの女性が着席していた。

ややふくよかで、緑青色の瞳に小麦色の髪をしている。胸元が開いた胴着は錦織《にしきおり》で、ボタンひとつひとつが大粒の宝石でできていた。ゆったりとした上着《カフタン》を羽織っており、ツンと尖《とが》った沓《くつ》を履いている。沓はギラギラまばゆく光っていた。小粒の金剛石がびっしりあしらわれている証拠だ。

書面になにかを書き付けていた母后は、手を休めて私をみやった。値踏みするような視線にドキリと心臓が跳ねる。息が詰まるようだ。言い表せない迫力がある。

──しっかりしろ、私。

気圧《けお》されている場合ではない。正念場だ。どんな時だって堂々としているのよ。

母后の前に進み出ると、ひざまずいて頭《こうべ》を垂れた。

「本日はお日柄もよく──」

「おやおや。今日も調子が悪いようですねえ。あなたにしては動きが硬い」

聞き覚えのある声がした。

驚きのあまり目を見張る。母后の隣に見慣れた人物を見つけてしまったからだ。

「無事にハレム入りを果たしたようでよかったですね。ライラー」

ゆるゆると目を細めたのは、海を思わせる瞳を持った男だ。

「カマール……！」

母后が側仕《そばづか》えをみやった。誰もが足音を立てずに退室していく。

部屋には、私と母后、カマールだけになった。

「──どうして奴隷商人がいるのだと不思議でしょうね」

口火を切ったのはカマールだ。

穏やかに見える表情を浮かべ、己の胸に手を当てて笑った。

「奴隷商人というのは仮の姿でしてね。私は母后用人《ヴァリデ・ケトヒュダス》。ハレムで働く宦官で、母后の右腕です。宮廷の内外にわたって主人のために動くのが役目。情報収集をしたり、話し合いをしたり、橋渡しをしたり。必要な物品……たとえば奴隷を購入したりします」

仕事は多岐にわたるのですよと語ったカマールは、隣にいる母后を見つめた。

「こちらが私の主人。ファジュル様です」

笑顔で紹介されて、慌ててしまった。まだ名乗りすらしていなかったからだ。

「ライラーと申します」

右手をかざして「平安、そして神のご慈悲と祝福があなたにありますように」と、実に長い挨拶をする。ハレムに入る前に教わった礼法だ。

「ほう」

母后が感嘆の声を上げた。

「素晴らしい。これほど完璧に挨拶をこなした奴隷は見たことがないな」

賛辞の言葉に顔を輝かせたのは私ではなかった。カマールだ。

「でしょう！　優秀な奴隷をご所望でしたので、極東の地で買い付けたのです。苦労した甲斐《かい》がありました」

「よくやりましたね、カマール。褒めてつかわす」

「フフフ。あなたを喜ばすためならば、なんてことはありません」

――なるほど。この男が異様なまでの厚遇の原因か。

私は母后のために調達された人間だ。理由《わけ》あって、別の人間を介してスルタンへの貢ぎ物とされた。特別扱いもするはずだ。主人の望みに応じて用意したのだから。

「……いくつか訊《たず》ねてもよろしいでしょうか」

笑顔を交わしているふたりに声をかければ、カマールが「どうぞ？」と首を傾《かし》げた。

「ダリル帝国は他に類を見ない強国だと聞きました。そんな国の人間が、果てにある我が故郷まで足を延ばしたのだと知って驚いております。私には想像も及ばないほどの影響力をお持ちなのでしょうね。たとえば――小さな島国の戦況を戯れに覆してみたり」

我が家が窮地に陥るきっかけは、嫁ぐはずだった家が敵勢力に屈したからだ。

あまりにも唐突だった。前触れもない。不自然ではないだろうか。

でも、外部から圧力がかかっていたとしたら？

敵勢力に屈しても損ではないと思えるほどの、巨額の資金が動いていたとしたら――

――〝得体の知れない大陸人が尾田《おだ》家に接触している〟と、父が言っていたはず。

こくりと唾を飲み込んだ。黄金の燭台に陽光が反射し鈍く光っている。惜しみなく飾られた宝石たちが、ちか、ちかと瞬《またた》いていた。

「カマール。あなたが私の故郷を滅ぼしたのですか」

言い尽くせぬほど豪奢な部屋に佇《たたず》んだ宦官《かんがん》は、にこりと柔和に笑んだ。

「まさか。あなたの故郷の滅亡に居合わせたのは、たまたまです」

——癪《しゃく》に障る顔だわ。

まるで信用できなかった。親しげに母后を見つめる瞳が物語っている。

奥底にドロドロと感情の澱《おり》がたまった目だ。海を思わせる色。深い、深い海の底に、正視しがたい化け物を飼っているようにしか思えない。

——主人のためなら手段を選ばない人間に違いないわ。

戦乱の時代。そういう人間を多く目にしてきた。自分の命を惜しまず、目的のためならば他人の命を軽く扱う。熱狂的に、情熱的に誰かに尽くし続ける人間……。

この男ならば、主人への貢ぎ物を得るために国ひとつを滅ぼしかねない。

——とはいえ……。

すべて想像の範疇《はんちゅう》だ。真実はわからない。問い詰めたい気持ちはあったが、一度でも否定した以上は正直に答えてくれないだろう。

「わかりました」

苦々しい気持ちを押し込めて頭を切り替える。

過去に囚《とら》われ続《つづ》けていては、異国で生き延びるなんてできない。

いつか真実を突き止めてやる。それまでは――我慢だ。

「質問がもうひとつあります。許可していただけますか」

「どうぞ？」

「私はなにを求められているのですか」

母后がゆるりと片肘をついた。

「言ったではないか。わたくしは使える奴隷がほしい」

じっと見つめられてぞくりとした。

カマール以上に底知れない瞳をしている。

人を人とも思っていない。ものを見るような冷たい目つき。

「――お前はどうなのでしょうね」

銀の盆から小さな茶碗《ちゃわん》を持ち上げる。珈琲《コーヒー》だ。町中でもおおぜいの男たちが味わっていた。嗜好品《しこうひん》として人気がある。わずかに口をつけると、不愉快そうに眉を寄せた。すぐさま盆に戻してそっと息をもらす。気怠《けだる》げに私を指差した。

「ライラーと言ったか。小さな島国とはいえ、貴人であったと聞く。ハレムに集められた女たちは誰も彼もが小汚い田舎娘ばかりでな。飽き飽きしておった。ならばいま、違いを見せてみよ。そこらの奴隷とは違うのだと証明してみせよ。お前は――」

すうっと緑青色の瞳を細めた。

「わたくしの期待に応えられる道具だと、カマールから聞いている」

冷たい汗が背中を伝った。全身が粟立《あわだ》っている。どうしようもなく喉が渇いていた。ザラついた口内に嫌気が差しつつもそっと訊ねる。

「……もし、違いを証明できなければ？」

ころころと笑いながら、母后はゆるりと脚を組み替えた。

「昔から、不要物は絨毯で簀巻《すま》きにして海に捨てると決めている」

――海の藻屑ってそういう意味か……！

先ほどの女中の悲鳴が脳裏に蘇《よみがえ》っていた。

アレハンブルは海峡を挟んで発展した巨大都市だ。母后は気にくわない人間を海へ捨ててきた。面倒な死体の処理もいらない。魚たちが肥え太るだけの利口な方法――

――好機だわ。

肌がひりつくような緊張の中、口もとが緩みそうになるのを必死に耐えた。

母后はハレムにおいて絶対的な存在だ。

対面できるだけでも幸運なのに、みずからの能力を見せる機会まで来るなんて！

怖かった。恐ろしかった。

失敗すれば未来はないだろう。魚の餌になる日もそう遠くない。逆に取り入ることができれば、この先は安泰だ。上手《うま》くいけば、自由に近づける。

母との約束を守れる日が来るかもしれない。

ゾクゾクと背中から快感が上ってくる。恐怖よりも興奮が勝っていた。やろう。やってやろう。己の未来は自分で摑《つか》み取《と》る。

「かしこまりました」

まっすぐ顔を向ければ、母后の瞳に喜色がにじんだ。

＊

――なにをすればいい。どうすれば他との差を証明できる？

舞踊――伴奏がいない。書は？　知らない国の文字なんて、見せられても困惑するだけだ。そもそも筆や硯《すずり》、半紙がない。詩作はどうだろうか。なにもかもが違う異国で、侘《わ》び寂《さ》びの精神を理解してもらえるか不安だった。

――そうだ。演奏は？

ハッとして周囲を見回す。美しい音色はどんな相手の心にも響くだろう。

「楽器をお借りしてもよろしいでしょうか」

緊張しながら訊ねれば、カマールはどうぞと笑顔になった。

贈り物の山に近づく。金銀財宝の中に、見知った楽器がないかと探した。

「琴も横笛も鼓もない……」

愕然《がくぜん》とした。どうしようかと途方に暮れる。

ちかり。視界の隅でなにかが光った。

「――これは……？」

そっと手を伸ばす。卵を縦に割ったような胴に幅広の棹《さお》がついている。意匠を際立たせるように使われた黒檀《こくたん》の艶が美しい。胴には象牙と真珠で見事な細工が施されていて、棹には蔓草《つるくさ》模様が描かれていた。

「ラヴタですよ」

カマールが言うには古代より親しまれている弦楽器だという。撥《ばち》は使用せず、小さな義爪《ぎそう》でつま弾くそうで、宮中で行われる演奏会でもよく使用されている。

「……琵琶《びわ》にそっくり……」

弦の数も同じだ。試しに爪で弾《はじ》くと、かつて聴いた音と似た響きがした。

——運命だわ。

これなら弾《ひ》ける。多少の違いはあるけれど、きっと大丈夫——

脳裏には盲目の法師の姿が思い浮かんでいた。

——ああ、彼の教えを活《い》かす時が来るなんて！

胸が痛くなった。故郷が燃えたあの日、琵琶法師は城に滞在していたはずだ。

彼も戦禍に巻き込まれてしまったのだろうか。

どうか無事で。乱れた世にあっても強く生きてほしい。

「ライラー？　ラヴタに決めたのですか」

カマールの問いかけにこくりとうなずく。

「弾き語りをしたいと存じます」

ラヴタをギュッと握りしめると、ゆっくりと母后の前に進み出た。

すとん、と床に座り込む。絨毯《じゅうたん》を敷き詰めてあるから、そんなに座り心地は悪くない。

楽器を構えて義爪をはめた。何度か音を鳴らして深呼吸を繰り返す。

上手く弾けるだろうか。ぶっつけ本番にもほどがある。

乾いた笑いがもれそうになった時、父の声が脳裏に蘇った。

『どこに出しても恥ずかしくない。藤姫《ふじひめ》、お前は我らの誇りだ』

――はい。お父上。

すうっと緊張が引いていく。

母后を見据え、ゆっくりと息を吸い込んだ。

――さあ、お披露目しよう。

果てしなく遠くなってしまった故郷の詩を。

悠久の時から連綿と紡がれた歴史のひとひらを。

祇園精舎《ぎおんしやうじや》の鐘《かね》の声《こゑ》　諸行無常《しよぎやうむじやう》の響《ひび》きあり
沙羅双樹《しやらさうじゆ》の花《はな》の色《いろ》　盛者必衰《じやうしやひつすい》の理《ことわり》をあらはす
おごれる者《もの》久《ひさ》しからず　ただ春《はる》の夜《よ》の夢《ゆめ》のごとし
猛《たけ》き人《ひと》もつひには滅《ほろ》びぬ　ひとへに風《かぜ》の前《まへ》の塵《ちり》に同《おな》じ

ラヴタの音に合わせて『平家物語《へいけものがたり》』の冒頭を朗々と口ずさむ。

ゆらゆら揺れながら伸びゆくラヴタの音は、どこか懐《なつ》かしい。琵琶は、かつて海の向こうから来た楽器を基にしているという。同じ流れを汲《く》んでいるのかもしれない。

「ほう……」

母后は演奏に聴《き》き惚《ほ》れているようだった。

『平家物語』は、和の国で広く親しまれている「語物《かたりもの》」だ。

平家一門の興隆と栄華、そして没落を描いた物語……。

好きな話だった。琵琶法師が来るのを待ち遠しく思うくらいには。

想像できないくらい、きらびやかな世界で生きる貴人たち。

彼等《かれら》の生活は、私の興味をそそって仕方がなかった。

それだけじゃない。栄華を極めると人はとたんに愚かになる。『平家物語』は、民の上に立つからには、おごってはいけないと戒めてくれた。歴史の渦の中に容赦なく呑《の》み込《こ》まれていく平家の姿は、確かな教訓と物悲しさを伝えてくれる。

――最後に聴いたのはほんの一年前なのに。ずいぶん遠い記憶みたいだわ。

しみじみ昔を懐かしみながら弾き語りを続けていると、ふいに不安がよぎった。

――私の選択は正しいのだろうか。

なにもわからなかった。けれど、いまの私にできるのはこれくらいだ。

ちらりと母后の姿をみやる。和の国とは比ぶべくもない、大国の頂点に近い存在……。

己の矮小《わいしょう》さに気持ちがくじけそうになるものの、必死に自分を奮い立たせた。

いまの気分は、敵《かな》いそうもない強敵に挑む武士《もののふ》だ。

国香《くにか》より正盛《まさもり》に至《いた》るまで六代《ろくだい》は
諸国《しょこく》の受領《じゅりやう》たりしかども
殿上《てんじゃう》の仙籍《せんせき》をばいまだ許《ゆる》されず

きりのいいところまで弾き終わると、小さく頭を下げた。

「物悲しい響きですね。どういう内容なのか」

母后の問いに、こくりと唾を飲み込んだ。端的に内容を伝える。

「盛者必衰。この世は無常であり、いま権勢を誇っている者も、ついには衰えて滅びるという話です」

「……ほう？」

母后が片眉をつり上げた。あまり機嫌がよさそうには見えない。

——失敗した……!?

ドッと汗が噴き出してきた。脳裏に浮かぶのは先ほど連行された女中の姿だ。

——ええい。どうとでもなれ……！

じっと沙汰が下るのを待つ。

物思いに耽《ふけ》っていた母后は、ふいに目もとを和らげた。

「盛者……必衰と言ったか。フッ……。フッフッフッ、アッハハハハハ！」

とたんに大笑し始める。

ポカンと様子を見守っていると、嬉《うれ》しげに私を見つめて言った。

「その意気やよし。気に入ったぞ。ライラー」

ほうっと息を吐き出した。よくわからないが母后の心に響いたらしい。

——やった！　これで自由に一歩近づいた……！

達成感に浸っていると、コソコソとカマールと話していた母后が言った。

「今宵《こよい》、スルタンの寝室に侍《はべ》るように」

「はっ……？」

頓狂な声がもれる。いやいやいや!?　嘘《うそ》でしょう。冗談はよしてほしい。

ぜったいにスルタンには会わないでおこうと決めていたのに！

コネはほしいが子はいらない。うっかり孕《はら》みでもしたらハレムから出られなくなる。

「……あ、あの。辞退なんて……」

そろそろと申し出れば、母后は不可解そうに首を傾《かし》げた。

「なぜだ。なんのためにお前を極東から連れてきたと思っている」

ですよね――――!!

私は奴隷だ。そう……皇帝陛下に捧《ささ》げられるために用意された。ハレムで雑用をさせるために買い上げられたわけではない。スルタンに侍るのは使途として実に正しい。

――でもでもでも！　スルタンに会うのだけは嫌だ!!

平安貴族野郎に押し倒されでもしたら――……！

ゾッとしていると、母后のそばに控えていたカマールが楽しげに笑った。

「今代のスルタンはなかなか美男子ですよ。がんばって気に入られてきなさい」

――他人ごとみたいに。私が奴隷になったのはアンタのせいでしょう……!?

ヘラヘラ笑うカマールに、殺意のこもった視線を向ける。

――おのれ。覚えておけよ。

轟々《ごうごう》と恨みの炎を燃やしていたが、すぐに冷静さを取り戻した。

母后に逆らうわけにはいかない。海に沈められるのはまっぴらごめんだ。

「わ、わかりました」

泣く泣く命令に従う。やはり奴隷に自由はない。

――なんとかしなければ。

大人しく頭《こうべ》を垂れながら、どう危機を切り抜けようかと延々と考え続けている。

＊

落ち込む私をよそに、スルタンの寝室行きを喜んだ人間がいた。デュッリーだ。

「快挙よ。初日にスルタンの寝室へ行くのよ!?　とんでもない快挙だわ……!!」

部屋に戻るなり喝采を上げ、私の手を取って跳ね回る。

「ハレム中が大騒ぎよ。ヤーサミーナの悔しがりようったら！　すごかったのよ。見せてあげたかったわあ～！」

ウキウキと衣装が入った行李《こうり》を漁《あさ》る。

あれこれ服を取り出しながらニコニコ顔で言った。

「ライラーならやってくれると思っていたの。これで私の将来も安泰ね！」

「デュッリー？　将来ってどういう意味……？」

そろそろと訊《たず》ねれば、彼女は得意満面で言った。

「わからない？　主人が取りたてられれば、側付《そばづ》きだって昇格するんだから」

にんまり笑ったデュッリーは自分の夢を語った。

「私ね、ハレムでたんまりお金を稼いで、将来は悠々と暮らしたいの。女が自力でお金を稼ぐのに、ここよりいい条件の場所はないわ！」

女中の日給は五アクチェから五〇〇アクチェまでさまざま。対して軍人のイェニチェリは一日につき七から八アクチェというから、とんでもない高給取りである。

「ハレムでのお給料を上げる手っ取り早い方法は昇進よ。イクバルになれたら万々歳！でも、私ってこんな見かけでしょう。スルタンの目に留まるような美女じゃないわ。女中としてもパッとしない。情けないけど普通の範疇《はんちゅう》を出ないのよね……」

物憂げな様子でそばかすに触れたデュッリーは、一転して目をキラキラ輝かせた。

「だ・か・ら！ハレムで成り上がるためには、いい主人につくのがいちばんだと思っていたの！ウフフ。ライラーってばさすがね！ありがとう、私と出会ってくれて！」

――そういうことか……！

いままでの彼女の発言の意味がわかった気がした。

『私ね、あなたみたいな人を待っていたの』

『ライラーにしかできない役目ってものがあるんだからさ！』

『一緒にがんばろうね。私たち一蓮托生《いちれんたくしょう》じゃない！』

すべては野望のため。私を利用してのし上がろうというわけだ。

すごい。感心せずにはいられない。デュッリーなりに考えての戦略なのだ。奴隷という状況を悲観するでもなく、しっかり前を向いて生き抜こうとしている。

——なんだか嫌いになれないわ。

むしろ好感を持てた。利用されている事実は複雑に思いもするが、ただ流されるのではなく、未来のために努力する人間は尊敬できる。

私だって異国で自由になるためにハレムを利用しているわけだし。

彼女となら、いずれ気の置けない友になれそうな気がした。

「というわけで～……」

ほっこりしていると、デュッリーが私の腕をがっしり摑《つか》んだ。

逆の手には例の脱毛薬アダが握られている。

「ひっ……!?　デュッリー？　な、なにをするつもりなの……!?」

戦々恐々と訊ねれば、野心家の側付きは笑顔で言った。

「スルタンに侍るのよ。徹底的にお手入れしなくちゃ。あ、応援も呼んであるの！」

ゾロゾロと女中たちが入ってくる。デュッリーの友人のようだ。浴場で見た顔もある。

「イクバルになった暁には、彼女たちも雇ってあげてね」

にっこり笑うと、一斉に襲いかかってきた。相変わらず見事な手付きだ。捕らえられた私は、まな板の上の鯉《こい》みたいに身動きが取れない。

「大丈夫よ、ちょっとしか痛くしないから!!」

「ま、待って。待ってよ、デュッリー！　わ、私ね、スルタンとは……ひ、ぎゃ、ぎゃあああああああああああああっ!!」

べりべりべりっ!!

激痛が襲う。因幡の白ウサギ再びである。

「た、助けて大国主命様《おおくにぬしのみこと》——!!」

しかし、可哀想《かわいそう》なウサギにガマの穂を与えてくれる神様は現れるはずもなく……。

情けない悲鳴が、むなしく響いていくだけだった。

三章　和の国の姫君、スルタンと相まみえる

夜の帳《とばり》が世界を覆った頃。

私はスルタンの寝室で主が訪れるのを待っていた。

当然だが恐ろしく壮麗な部屋だ。石造りの壁には例によって美しい幾何学模様《アラベスク》の陶板が施され、深紅色の天鵞絨《ビロード》の帳は金糸の刺繍《ししゅう》で飾られている。広間《ディワーン》の中央にはすこぶる大きな円筒の灯明が下がり、水晶が宵闇に染まった寝室に光を散らしていた。最も存在感を放っているのは寝台だ。天幕型で、銀製の支柱には水晶で見知らぬ動物《獅子》の彫り物がされていた。帳には真珠の紐《ひも》が付いていて、淡い光を放っている。豪奢《ごうしゃ》な刺繍が施された座布団《クッション》。見るからに柔らかそうな褥《しとね》。ひとつひとつの値段を考えるとめまいがしそうだった。

――今晩、私はあそこで……。

そう考えると沸々と怒りが湧いてきた。

「なんで私がスルタンに抱かれないといけないの」

ギリリと奥歯を噛《か》みしめて顔をしかめる。

ハレムに来てからというもの、すべてが怒濤《どとう》の勢いで過ぎ去っていった。

なにもかもが誤算続きだ。ちっとも思いどおりに運ばない。

母后《ヴァリデ・スルタン》に気に入ってもらえたのはいいものの……。

「すぐにスルタンに侍《はべ》らないといけないなんて。聞いてないわよ」

寝台の横に控えながら、小さく毒づく。

誰に文句を言っているわけではないが。

しいて言えば「母后に取り入ればいい」なんて助言をくれたあの男にだろうか。

考えてみれば、皇帝《スルタン》の閨《ねや》に侍るのは避けられない道だったのだろう。

カマールは母后が求めたから私を仕入れた。奴隷を買う理由なんて、スルタンの子を成すため以外にない。最初から寝室行きが決まっていたようなものだ。

――現スルタンはいまだ子がない。焦る気持ちは理解できるけれど……。

どうして母后は私のような人間を求めたのだろう。

子を成すだけなら、別にそこらの奴隷でも構わない。あえて他国の貴種を求める理由なんて、外交以外に思いつかないが……。

――わざわざ極東まで足を延ばす必要がないわ。近場に有力な国なんて山ほどあるでしょうに。そもそも、さらって奴隷にしたら外交もへったくれもないし。

なにより私はただの武家の娘。帝《みかど》と血縁があるわけでなし……。

ダリル帝国が、和の国との繋《つな》がりを必要としていないのは明らかだ。

じゃあ、他にどんな理由が……？

「う～ん……」

わからない。まったくもって理解不能！

早々に考えるのを諦めて、ため息をこぼした。

ともあれ、いまはスルタンをどうするかだ。間違っても妊娠するわけにはいかない。

自分の体を見下ろす。細っこい腕。けっして筋肉質ではなく柔らかい。正々堂々と勝負をするならともかく、成人男性に押し倒されたらひとたまりもないだろう。

「あっ……」

そういえば、過去に父を泣かしてしまった経験がある。

うっかり股間を強打したのだ。臣下との手合わせで一度も負けなかった父も、あれには悶絶《もんぜつ》していたっけ。あそこは男性の弱点らしい。ならば――

「蹴ろう」

ひそかに決意する。思いっきりやってやる。偶然を装ってバーンとね!!

己の弱点を蹴り上げた娘に、まさかスルタンも欲情したりしないはずだ。

――いける……！

ニヤリ。不敵な笑みを浮かべた。思考がどんどん危険な方向に行きかけている。

「純潔を守るためよ。平安貴族野郎め。覚悟しなさい」

「なにをだ？」

ブツブツ独り言を言っていたら誰かの声が聞こえた。

ハッとして振り返る。薄暗くてよく見えないが――男がひとり立っていた。

「ス、スルタンでございますかっ！」

勢いよく低頭する。男がゆっくり近づいてきた。

「そうだ。お前が今宵《こよい》の伽《とぎ》の相手か」

心臓がいままでになく高鳴っていた。とうとう。とうとうスルタンと――

「よい。頭を上げよ。名はなんという」

問いかけにそろそろと顔を上げる。新しい名前をそっと告げた。

「ライラーと申します」

瞬間、翡翠色《ひすいいろ》の瞳と視線がかち合った。

ぶわっと全身に鳥肌が立つ。

信じられなかった。どうしてコイツがここにいるの⁉

「アンタ！　焦げた味噌《みそ》……むぐうっ!?」

叫んだ瞬間にスルタンに口を塞がれた。

「黙っていろ」

耳もとでささやかれて目を白黒させる。

騒ぐと宦官《かんがん》が入ってくるぞと、とんでもない話を始めた。

「奴らは情事がきちんと行われているか監視してるんだ。会話を逐一記録されたくなければ、でかい声を出すんじゃない」

——うわあ……！

心の底からゾッとした。コクコクとうなずく。

「いい子だ」

小さくつぶやくと、ようやく口から手を離してくれた。

私の顔をマジマジと眺め——

「やっぱり来たか」

奴隷市場で騒動があった日、逃げ込んだ店で出会った男は満足げに笑んだのだった。

＊

「まだ名乗ってなかったな。俺はアスィール。まあ、楽にしろ」

寝台の帳を下ろしたアスィールは、慣れた様子で吊《つ》り下《さ》げ投光器《ラムプ》を取り付けた。てきぱきと準備を進める。あらかじめ用意してあったらしい盆には、何種類かの料理や乾果が載っていた。酒器に酒瓶まであって、実に用意周到だ。

アスィールは手ずから酒を注いだ。宝石で彩られた杯に、血のように赤い液体が注がれていく。杯を差し出し、にこりと笑んで言った。

「小腹が空いてるんじゃないか。どうだ、聖十字教の奴らが好んで飲む酒だ。夜は長い。まずは腹ごしらえでもして――」

「結構です」

きっぱり断ると「そうか？」と小首を傾《かし》げた。

「美味《うま》いのにな」

クツクツ楽しそうに笑う。

喉を鳴らして酒を飲み干す姿を見つめ、私は複雑な感情を隠しきれないでいた。

「あなたがスルタンだなんて。カマールとグルだったんですね」

ぽつりとつぶやけば、アスィールはピクリと表情を動かした。

「どういうことだ」

「だって、不自然じゃないですか！　あんなに広い町でたまたま出会うなんて」

まさに狙ったとしか思えなかった。

ふたりは協力関係だったに違いない。示し合わせて私を騙《だま》したのだ。

「ひどい。無知な小娘って馬鹿にしてたんだわ……」

怒りで震えていると、アスィールはそっと息をもらした。

「なにを言う。神に誓ってもいいぞ。関係ない。まあ、あそこは俺の行きつけの店だからな。カマールが狙った可能性は否めないが――」

「だとしても！」

感情が昂《たか》ぶって思わず声を発した。

ドキリとして閉口する。スルタンの発言を遮るなんて、とんでもない不敬だ。

「なんだ？　意見があるならはっきり言え」

しかし、アスィールは続きを促した。怒っている様子もない。

こくりと唾を飲み込んだ私は、感情に任せて口を開いた。

「どうしてスルタンだって黙っていたんですか。似てるどころじゃない。本人だわ！　焚《た》きつけるような真似をして！　他人の人生を狂わせた自覚はあるんですか。そもそも変でしょう。スルタンの癖に宮殿を抜け出して。し、信仰で禁止されている酒は飲んでいるし、異教徒の酒だし、奴隷なのに酌もしない私に気さくに話しかけるし――」

――なんなの。なんなのよ、この人は。

あまりにも混沌《こんとん》としていて理解が追いつかない。

涙がこぼれそうになってグッと堪える。

弱いところを見せたくない。こんな奴の前でぜったいに泣くもんか。ぜったいにだ！

「声がでかいぞ。落ち着け――」

「落ち着いてなんていられるもんですか！」

宥《なだ》めにかかったアスィールの言葉を再び遮る。

目の前の男を強く睨《にら》みつけて、お腹《なか》の底から吐き出すように言った。

「私、アンタと寝なくちゃいけないの？」

――そんなの嫌だ。ハレムには自由になりに来たのに！

「まったく……」

ため息をこぼしたアスィールは、じっと私を見つめた。

「俺がお前を抱くわけがない。誰も抱きたくないんだ」

「……え？」

予想外の言葉に声がもれた。

自分にとって都合がいい発言だと理解しつつも、唖然《あぜん》としてしまう。

為政者としてあるまじき発言だからだ。

当然だが、次代に血を残すのが頂点に立つ者の使命である。義務と言い換えてもいい。

だからこそ母后は私を用意した。だのに、当の本人がこんな発言をするだなんて。

——なにか事情が……？

どの国でも後継者問題には頭を悩ませている。私が知らないだけで、アスィールが子を作る弊害があるのかもしれない。万が一に備え、先帝の子を幽閉しているらしいし。

——でも、母后は子を作らせたがっている。このすれ違いって……？

「そんな目で俺を見るなよ」

黙りこくった私に、アスィールは困り顔になった。

宙に視線をさまよわせ、居心地悪そうに首筋を掻《か》いている。

「こっちにも事情があるんだ。すべて母上の思いどおりとはいかないさ。それに……悪かったな。スルタンの癖に宮殿を抜け出して。必要だからそうしているだけだ。こもってばかりじゃ息が詰まるしな。酒もよく飲むぞ。美味いからな」

「教義に反してるのに？」

「なにを言う。この国で誰がいちばん偉いと思ってる。俺がいいと言ったらいいんだ」

「ええ……」

たまらず呆《あき》れた声を出せば、得意げにアスィールは続けた。

「そもそも、だ。あんな場所で皇帝だと名乗ったとして、お前は信じたか？」

「うっ。それは」

「だろう？　市井で過ごす時は正体を隠すようにしている」

――そう言われると……。

じょじょに冷静さが戻ってくる。私自身も城から抜け出してばかりいたから、息が詰まって仕方がない気持ちも理解できた。さすがに短絡的だったかもしれない。

「……ごめんなさい」

しょんぼりと肩を落とせば、「わかればいい」とアスィールは笑った。

「それに、さっきも言ったがお前を抱くつもりはない。子を作る気はないからな」

「でも！　ヤーサミーナは頻繁に呼ばれているって……」

アスィールは酒瓶を手にしてニヤリと不敵に笑った。

「アイツは酒に弱くてな。ひとくち飲ませれば寝てしまう。起きた時にそれっぽい雰囲気をかもせば、いい感じに誤解してくれるし。都合がいいから重宝している」

――さすがに同情を禁じ得ない……。

いずれは母后になるのだと、鼻高々だったヤーサミーナを思い出して悲しくなった。

「それにしても」

ふいにアスィールが表情を緩めた。酒を注いだ杯を差し出してくる。

「面白いな。俺の正体を知ってもなお、抱かれたいとは思わないのか。そんなに自由がほしいのか。故郷に待っている人間はいないんだろう？」

思わず杯を受け取ってしまった私は、深紅の水面に視線を落としながら言った。

「当然ですよ。手に入れたいのは母后の座じゃありませんから」

「誰より贅沢《ぜいたく》ができるとしても？」

「贅沢に価値はないでしょう。人の上に立つということは、責任を負うのと同義です。民の生活を支える覚悟があってこそ、下々から頂戴したお金で、人より少しいい生活をしても許されるんです。贅沢がしたいから母后になりたいだなんて……逆でしょうに」

父がさんざん語っていた考えだった。

懐かしいなあ。いつもまっすぐに民と向き合う父を本当に尊敬していた。

切ない気持ちがこみあげてきて、そっと酒を口に含む。

――あ、美味《おい》しいかも……。

葡萄酒《ぶどうしゅ》だ。果汁を発酵させた酒らしい。やや渋みはあるものの、和の国の酒ほど甘くなくてさっぱりしている。飲みやすい。スイスイ飲めてしまえそうな危険な匂いがする。

「ふうん」

黙って私の話を聞いていたアスィールは、ぽつりと問いを投げかけてきた。

「お前、何者だ?」

「え?」

「普通の奴隷じゃないだろう。そこらの村娘じゃぜったいに得られない教養がある」

じっと見つめられて、思わず視線を逸《そ》らした。

いまの私は……いったい何者だろう?

「ただの奴隷ですよ」

ぽつりと返して酒を呷《あお》った。

故郷は炎に包まれ、両親の生死は知れず、民草を路頭に迷わせてしまった。

いまの自分にはなにもない。いや、なにもなくなってしまった。

私はもう……何者でもなくなってしまったのだ。

「そうか」

アスィールは相槌《あいづち》を返すだけで、それ以上は深く聞かなかった。

「どうだ」

つまみを勧めてくれたので、素直に受け取った。

ダリル帝国の名産だというイチジクの乾果はとても甘い。添えられたはちみつ入りのヨウルトは、家畜の乳を発酵させた食品だという。甘酸っぱくて不思議な味がする。

「美味しい」

いまにも泣き出しそうだった心がふいに和んだ。

――やっぱり美味しいご飯は効くなあ。父上が言ったとおりだわ……。

ホッと安堵《あんど》の息をもらせば、アスィールは嬉《うれ》しげに笑った。

「だろう。美味い飯を食えば生きるための活力が湧く。たとえ、どんなにどん底な気分であったとしても」

私を見つめて柔らかく笑む。

「我が国の料理がお前の口に合ってよかった」

「…………。はい」

葡萄酒を飲みながら、そっとまぶたを伏せる。

父からもらった言葉と似た響きだが、微妙に印象が違った。

ダリル帝国の料理は確かに美味しい。けれども、故郷とはまるで味わいが異なる。

美味しいけれど、ほしい味じゃない。

遠い異国にいるのだと思い知らされた気がして、ますます胸が切なくなった。

「ライラー。安易にハレムに誘ったことは悪く思っている」

ぽつりとアスィールが言った。

空になった杯を置いて私をまっすぐ見つめる。

「お前ともっと話したいと思ってしまった。女の身で話がわかる奴はそうそういない。だが、人生を狂わせるとまでは思い至らなかった。軽率だった。謝ろう」

「……いちばん偉いんですから、簡単に謝罪を口にしないでください」

ツンとそっぽを向けば、アスィールは「そうか？」と緩く笑った。

「奴隷の私に拒否権はありませんでした。前向きな気持ちになれましたから。結果的にはよかったんです」

アスィールを見つめ返した。ランプに照らされた男はじっと私の言葉に耳を傾けている。

人の話をきちんと聞ける人間だと思った。為政者として大事な素養を持っている。

「詳しい事情は知りませんが、抱くつもりがないのなら問題ありません」

くすりと笑んで、また酒に口をつけた。

酒気にあてられたのか、気持ちがふんわりと浮かび上がってくる。

――いざとなったら、急所を蹴り上げてやろうと決意してたのに。

もっとアスィールと話をしてもいい。そんな気にさえなっていた。

「ライラー。まだまだ夜は長い」

座布団にもたれたアスィールは、楽な姿勢になって言った。

「お前の話をもっと聞きたいんだ。我が帝国をどう見る？」

「……どう、ですか？」

唐突な質問だった。アスィールは期待に満ちた瞳を私に向けている。空になった酒杯に葡萄酒を注ぎながら思考を巡らせた。

「あくまで私の所感ですけれど……」

宙に視線をさまよわせたのち、ひたとアスィールを見つめて断言する。

「強国にふさわしい発展ぶりかと思います」

和の国を離れて以来、さまざまな国を見てきた。大明国《だいみんこく》に入り、天山北路《てんざんほくろ》を通って、遊牧民が支配する平原を延々と横切る。流通の要《かなめ》、絹の道を伝ってアレハンブルにいたったのだ。大陸における要所のすべてを見てきたと言っても過言ではない。その上で断言できる。あらゆる国と比べてもなお、ダリル帝国は最も隆盛を誇っていると。

象徴的なのは市場だ。欧州と東方各国の品々が揃《そろ》う天蓋市場《カパル・チャルシュ》。異なる文化が流入し、混沌《こんとん》としつつも独自の色を失わないでいる。基盤にある文化が強い証拠だ。

「市場が元気なのは、国が栄えている証拠。けれど……」

眉をひそめる。気になる点があった。

「イェニチェリ……でしたか。民から嫌われているようですね」

奴隷市場での一件を思い出す。

目も当てられないほど横暴な態度。イェニチェリは自国を守る軍隊であるはずなのに、敬意の欠片《かけら》もない市民たち……。カマールでさえ、困ったものだと頭を抱えていた。

「アスィール様、最後に大きな戦があったのはいつでしょうか？」

「先帝がポルスカ共和国相手に起こした遠征が最後だ」

「ずいぶん経《た》つのですか？」

「三年ほどだ」

「そうですか……」

そっと息をもらす。

「安寧な日々が続くうちに、武力に価値を見いだせなくなってきているのですね。平和だからこそ民は兵《つわもの》を軽んじ、兵は己の力を誇示して認めてもらおうとする」

居丈高な態度で反感を買うのも致し方がない。なにせ他にやり方を知らないのだ。戦場で生きてきた彼等《かれら》は、暴力でしか自分の優位を示せない。

「誇りを忘れ、おごるだなんて。アスィール様。いささか野放しにしすぎでは？」

疑問を口にすれば、アスィールは困り顔になった。

「……いろいろとあってな。なかなか手を出せずにいる」

「改善しようとは思っていらっしゃる？」

「もちろんだ」

「なるほど……」

そっと息をもらして、眉をひそめる。

「早急に手を打たねばまずいでしょうね」

「どうすればいいと思う？」

アスィールの問いにさらりと答えた。

「簡単でしょう。活躍の場を与えてやればいいのです」

プッとアスィールが小さく噴き出した。

「他国を侵略でもしろと？　豪胆だな」

「冗談ですよ。戦によって得られる益も、避けられない弊害も理解していますしね」

クスクス笑って酒杯を空にした。新しい酒を注ぎながら続ける。

「ともかく、野放しにしてもろくなことになりません。イェニチェリが権力に寄っているうちはまだいいですが、他の勢力と結びついてでもごらんなさい」

にこり。笑みを浮かべて小首を傾《かし》げた。

「いまはいがみ合っていたとしても、民と手を取り合ってスルタンを襲いかねません」

「…………。なぜそう思う」

「不満があれば暴力で問題を解決する。――お父上いわく、民とはそういう考え方をするのだそうです。直接的に政治に関わる手段がないのですから、当然でしょうね」

なにも守るべき善良な者ばかりではない。時に想像以上の力で反撃してくるのが民だ。和の国でも、民の蜂起で各地の武家は苦労していた。いい例がある。一向一揆《いっこういっき》――信仰によって一団となった農民や武士たちは、権力に屈しまいとあちこちで戦を起こした。戦を知らぬ素人と侮ってはいけない。一向宗の教えでは、死んでも極楽浄土へ行けるそうだ。刀を握った百姓たちは死をも恐れず、武士には考えつかない方法で襲ってくる。

父いわく――「けっして油断ならない敵だった」。

「野放しになったイェニチェリが民の矛とならない理由がないでしょう？　誇りを忘れた獣は誰にでも尻尾を振る。飼い犬には首輪をはめておくべきです。他国への侵攻を予定していないのなら、いまは内乱に備える時期でしょう。安寧すぎる日々は鬱憤を溜《た》めやすいですからね――って。あら？」

調子よく飲んでいたら、酒瓶が空になってしまった。

「すみません。飲みすぎてしまいました」

申し訳ありませんと頭を下げると、話に聞き入っていたアスィールが苦く笑った。

「……構わないさ。ところでライラー。ダリル帝国の歴史を学んだ経験は？」

「ありませんけど？」

異国の文化を覚えるのにいっぱいいっぱいで、歴史書を紐解《ひもと》く余裕などなかった。

「あくまで可能性の話です。ただの妄想で――きゃっ!?」

「母上がお前を推した意味がわかった」

アスィールが私の手を握っている。

興奮気味に頰を染め、ぐいと顔を近づけて翡翠《ひすい》の瞳をキラキラ輝かせた。

「すごいな。限定的な情報を得ただけでこれか！　がぜんお前がほしくなってきた。なあ、俺のものにならないか」

「はあっ!?　なに、なん、なに、なんなんなん……！」

驚きすぎて言葉にならない。限定的な情報ってなに。なんで勝手に興奮しているの。

「だ、抱かないって言った癖に！　嘘《うそ》つき!!」

真っ赤になってアスィールを押し返すと、彼はにんまり笑んで続けた。

「いや、抱きはしないさ。俺の腹心にならないかと言っている」

「ふ、腹心……？」

キョトンとしていると、アスィールは嬉々《きき》として語った。

「相談役でもいいぞ。俺には腹を割って話せる人間が少なくてな。帝国を豊かにするため、共に切磋琢磨《せっさたくま》してくれる味方を求めていたのだ。母上が送り込んでくる女たちにも飽き飽きしていてな。お前が協力してくれれば、面倒な奴らを相手にしなくてすむ」

「……仮初めの寵姫《ちょうき》にでもなれと？」

「そうだ！」

フフンと胸を張ったアスィールは得意満面で言った。

「俺と寝る必要はない。夜が更けるまで国の未来について語り合おう。いい話だと思うがな。お前は為政者側の人間だ。ただの奴隷で終わりたくはあるまい」

「…………」

無言のまま唇を噛《か》みしめた。図星だったからだ。

生まれた時から武家の妻となるべく育てられてきた。嫌だと感じた記憶はない。むしろ当然だと思っていて、いつも父の横で笑う母の姿に憧れていた。

民草の笑顔が好きだ。彼等のために働きたい気持ちはいつだってあるし、歴史書を大量に読みふける程度には政治に興味があった。できれば関わっていきたい。

――だからって。〝俺のものになれ〟ってなによ。

ムッとした。教養もなにもかも、父と母が私のために育んでくれたものだ。子どもみたいにねだられたって嬉《うれ》しくはない。

「私は物じゃありません」

唇《とが》を尖らせると、すかさずアスィールが言った。

「願いをなんでも叶《かな》えると言っても？」

「うっ！」

心が揺らいだ。そろそろと様子をうかがう。

「ね、年季明けの嫁ぎ先を融通してくれたり……？」

「それくらい簡単だ。俺を誰だと思っている」

にんまりと悪戯《いたずら》っぽく笑む。自信満々に言った。

「ダリル帝国皇帝だぞ。支度金もたんまりつけてやろう」

「――乗った!!」

笑顔で承諾する。これで怖〜い母后のご機嫌うかがいをしなくてすむ！

嬉しさのあまり表情が緩んだが、釘《くぎ》を刺すのは忘れない。

「あ。腹心や相談役になるのは構いませんが、寵姫はお断りさせてください」

「なんでだ」

「だって！　女同士の諍《いさか》いを招くだけですから。たまに呼ぶくらいなら構いませんよ」

みずから進んで桐壺更衣《いじめの対象》になるつもりはない。

断言すると、アスィールは渋々承知してくれた。

「……仕方ないな。母上から送られてくる女たちは、俺でなんとかしよう」

「そうしてください」

「名案だと思ったのに」

アスィールはブツブツ言っているが、私は希望が通ってご満悦だ。

——一気に未来が開けてきた気がする……！

嬉しくなって、もう一本の酒瓶に手を伸ばした。

ゴクッゴクッゴクッ！

喉を鳴らして飲み干す。ああ。葡萄酒《ぶどうしゅ》って本当に美味《おい》しい！

「恐ろしく酒が強いな」

景気よく杯を空ける私を、アスィールは呆《あき》れ気味に見つめている。

「ウフフ。私も初めて知りました……」

「なんだって？」

片眉をつり上げ、小さく息をもらす。

しみじみ私を見つめたアスィールは、どこか冗談めかして言った。

「それにしても。お前を嫁にやるのはもったいない気がするな。なあ――」

じっと私を見つめて口《くち》の端《は》をつり上げる。

「俺に惚《ほ》れろよ、ライラー」

「――ええ？」

さらりと放たれた発言に眉をしかめる。

「なにを言ってるんだコイツって顔をしてるな」

クツクツ笑ったアスィールは、おもむろに手を伸ばしてきた。髪を一房持ち上げる。ゆるゆると指先で手触りを楽しんで、ふいに苦々しい表情になった。

「皇帝の子として生まれ落ちた瞬間から、普通の恋愛なんて諦めていたんだ。相手は宛がわれるもの。心から好いた女と添い遂げるなんて夢のまた夢だって」

小さく息をもらして自嘲する。

「ハレムの女に惹《ひ》かれたりもしなかった。こんなもんかって思ってたんだ」

髪に唇を落として——私を上目遣いで見つめた。

「初めて惚れてもいいと思える女に出会えた気がする。年季明けなんてつれない話をするな。ずっとそばにいろ」

宝石のような瞳に哀愁がにじんでいた。

物思いに沈んだ表情にはありありと寂しさが見てとれて。

不覚にもドキリと心臓が跳ねた。

「は、はあ～～～～!?」

思わず頓狂な声を上げる。

「ぜったいにありえない！」

全身がカッカッと熱を持っている。なにを言い出すんだコイツは。

頭がクラクラして、視界が揺れていた。初めての感覚である。頭が上手《うま》く回らない。

もしかして……酔っ払っている？

——ええい、いまはそれどころじゃない。

キッとアスィールを睨《にら》みつけた。

「なによ。自分ばっかり可哀想《かわいそう》みたいに。私だってそうよ。生まれた時から色恋沙汰になんて縁がなかった！　当然でしょ!?　そういう星の下に生まれたんだから！」

恋愛感情なんて、果たすべき役目の邪魔にしかならない。それが為政者だ。

「好いた女と添い遂げる？　贅沢《ぜいたく》を言わないで。そんなの普通に考えて無理！」

瞬間、両親の姿が脳裏に思い浮かんだ。

――うっ……。

ふるふるとかぶりを振る。アスィールにビシリと指を突きつけた。

「惚れろというなら、自分が魅力的だって自覚があるんでしょうね!?」

「なにを言う。俺は皇帝で――」

「ふん。そればっかり」

鼻で嗤《わら》ってジロリと睨みつける。

「立場しか誇れないわけ？　それじゃイェニチェリと一緒だわ！」

「ぐ……」

たじろぐ様子を見せたアスィールにズバリと言った。

「相手がスルタンだろうと関係ない。少なくとも私よりも強い男じゃないと嫌なの」

「なにを言う」

カチンときたらしい。アスィールは鍛え上げられた二の腕を強調して言った。

「俺がお前よりも弱いとでも？　馬鹿を言うな。幼い頃から鍛錬を重ねてきた。女になど負けるはずはないだろう!!」

――は？

「へえ……。女には負けないって？」

空になった杯を置いた。ゆらりと立ち上がって、顔から笑顔を消す。

「男ってみんなそう。女と見れば侮ってくる」

「ラ、ライラ……？」

戸惑いを浮かべているアスィールに、毅然《きぜん》とした態度で告げる。

「相撲で勝負しなさい。アンタに初めて土をつけた女になってやるわ！」

「は……？　スモウ？　なんだそれは」

「故郷に伝わる格闘技よ。民の間で親しまれている娯楽のひとつ」

私は相撲が好きだ。田植えの時期には決まって、百姓に交じって泥んこになって楽しんだ。相撲のために城を抜け出していたといってもいい。時には城内で試合が行われたりもした。臣下との交流に都合がいいと父が好んでいたからだ。

「私は強いわよ」

不敵に笑う。城下では負け知らずだった。屈強な男たちを何人下してきただろう。城内でもだ。戦いを生業にしている人間に、一歩もひけをとらなかったと自負している。

――お父上を除いてだけどね……。

父にはどうあがいたって勝てなかった。強くて逞《たくま》しくて……本当に私の理想だ。

だからこそ、だ。

契りを結ぶ相手を選べるのならば――

最低限、私より強い男がいい。

「アスィール様。あなたが勝ったなら……」

ビシリと指を突きつける。鼻息も荒く挑戦状を叩《たた》き付《つ》けた。

「惚れるに値する相手だと認めてあげるわ」

「冗談だろ……？」

アスィールは引きつった笑みを浮かべている。

臆病者め。完全に酔いが回った私は小さく鼻で嗤った。

「負けるのが怖いのね」

わざと煽《あお》ってやると、一転してアスィールの表情が険しくなった。

「――誰が怖いだって？　この酔っ払いめ」

胸元のボタンを外して立ち上がる。不敵に笑って、私の前に仁王立ちをした。

「来い。スモウだかなんだか知らないが、返り討ちにしてやる」

指先を曲げて挑発するような仕草さえする。

ダリル帝国皇帝アスィール。

一見すると穏やかで理知的な男だが――

実に負けず嫌いであった。

＊

しんしんと夜が更けたハレム。皇帝の区画内に雄々しい声が響いていた。

「「うおおおおお！」」

世間的には初夜のはずだった。

だのに――私たちは汗だくになって相撲を取っている。

「勝った！　ホホホホホ！　アンタ弱いわね！」

「なんでだ。どうして負ける……!?」

「なめないでくれる。力さえあれば勝てるってほど浅くないわけ。体格差があったとしても、逆転できる手はいくらでもある……！　油断大敵！　くらえ足取りィ！」

「ぐわ――――!!」

重心を低くして相手の足を掬《すく》い上《あ》げる。アスィールはなす術《すべ》もなかった。彼より小柄な私に翻弄されっぱなしだ。

「くそっ……!」

「いい加減、負けを認めなさいよ……!」

にじんだ汗を拭って見下ろせば、アスィールは目を爛々《らんらん》と輝かせ立ち上がった。

「まだまだ!」

なかなか根性のある男だ。正直――嫌いじゃない。

「その意気やよし!」

笑顔で言うと、再びアスィールに向かって突進した。

――ひとしきり組み合った後。

「はあっ、はあっ、はあっ……」

私たちは揃《そろ》って褥《しとね》の上に転がっていた。

汗だくだ。心地よい疲労感が全身に満ちている。

――私ってば、なにしてるんだろう……。

酒が抜けて正気に戻りつつあった。

己の所業に半ば呆《あき》れつつも、不思議と満足感がある。

「クックックッ……」

アスィールが笑っている。「なによ」と問いかければ、ダリル帝国で誰よりも偉いはずの男は、思春期の少年のように目を輝かせて言った。

「次は負けないからな」

キョトンと目を瞬《まばた》く。

全戦全勝。私の完全勝利だったのに――まだ挑んでくるつもりだなんて。

なんなのコイツ。面白すぎるだろう。

「こっちだって。負けるもんですか」

顔をクシャクシャにして笑う。

勢いに任せ、アスィールと拳を突き合わせた。

――それから、空が白むまでふたりで語り合った。

主に政治の話だ。アスィールはダリル帝国の話をして、私は故郷の話をする。

それだけで、あっという間に時が過ぎていく。

楽しかった。これほど心地いい時間を過ごすのは初めてかもしれない。

――ハレムに入れられて、母后に会って。果てはスルタンに侍《はべ》ることになって……。どうなるんだろうって思っていたけど。

嬉々《きき》として国の未来を語る男の瞳は生き生きとしていて、色っぽさなんて欠片《かけら》もない。

本当に抱くつもりはないようだ。政を語る仲間だとでも思っているのだろうか。

「変な奴」

ぽつりとつぶやくと、アスィールが怪訝《けげん》そうな顔をした。

「なんだ？」

「なんでもない」

クスクス笑って遠くを見る。

――スルタンの手助けをしながら年季明けを待つのも悪くないわね。

そんな風に思い始めている自分がいた。

「ね、もっと話を聞かせて」

そばに寄ってねだる。大国の抱える問題は興味をそそって仕方がない。

どうすれば解決できるのだろう。和の国で学んだ知識は活《い》かせるだろうか――

知恵を絞っているうちに寝落ちしてしまっていた。

「ライラー？」

小声で私の名を呼ぶと、アスィールは膝掛けをかけて寝台を後にした。

指先ひとつ触れようともしない。

どこまでも紳士的な男。平安貴族には似ても似つかない。

こうして、激動の一日が終わりを告げる。

純潔を散らすこともなく、最大限の利益を確保したと思えば重畳ではないだろうか。

だけど――

すやすや寝息を立てている私は、知るよしもなかった。

酔いに任せてやらかした「相撲勝負」が、とんでもない結果を呼ぶだなんて……。

翌朝。スルタンの寝室を辞した私は、二日酔いで痛む頭を抱えて自室へ戻った。

「あれ……？」

どうも中が慌ただしい。扉の前に立って思わず首を傾《かし》げる。

「あっ！　ライラー！」

バタバタと支度をしていたデュッリーが私に気がついた。

抱えていた衣装を放り投げ、勢いよく抱きしめてくる。満面の笑みを浮かべた彼女は、
この世の楽園とばかりに頬を緩めて言った。

「イクバルへの昇格おめでとう！」

「……はあ？」

酒の影響で頭が鈍っているせいか、デュッリーの言葉が上手《うま》く理解できない。

「えっと。なに？　どういう……もう一度言って」

「だから！　ライラーのイクバルへの昇格が決まったの！　スルタンの居住区近くに引っ越すのよ。寵姫《ちょうき》の部屋を使っていいとのお達しなの！」

——ええ……？　寵姫はやめてくれと言ったはずなのに？

「スルタンからはなにも聞いていないわよ。間違いじゃない？」

二日酔いでフラフラしながら問えば、デュッリーが疑問の答えをくれた。

「母后が朝一番で指示を出したらしいわよ」

「なんで……？」

「とぼけないでよ。昨晩はすごかったらしいじゃない！　外まで激しい息づかいがもれ聞こえていたそうよ。純情な宦官《かんがん》たちがうろたえて大変だったんだって！」

——息づかい……？　色っぽい行為なんてなにも——

正体に思い至って愕然《がくぜん》とする。

——まさか、相撲……!?

そういえば、宦官が控えていると言っていた。誤解されたのだ。

さあっと血の気が引いていく。

——ど、どどどうしよう。大変な事態になった。

「違うの。あれは相撲をしていただけで」

「スモウ？　なあに、それ」

首を傾げたデュッリーに慌てて説明しようとする。

……が、二日酔いの状態では、どうにも頭が回らず……。

「な、なんていうか。こう、体と体をぶつけ合ってね」

「まあっ！」

しどろもどろに説明していると、デュッリーの頬が薔薇色《ばらいろ》に染まった。

「やだ。ライラーの故郷では子作りをスモウって言うのね」

「ち、違うわよ！　そんなわけがないでしょう⁉」

「照れちゃってえ。スモウ……なんか意味深でいい響き」

「なにも深くないわよ⁉」

「みんな聞いて！　ライラーったら、スルタンとスモウをしたんですって〜」

「間違ってはいないけど！　誤解を広めるのはやめて‼」

ニコニコ顔のデュッリーが、部屋にいた女中《カルファ》たちとキャッキャとはしゃいでいる。

いくら違うのだと叫んでも、照れていると取り合ってくれない。

「ライラー、がんばって身ごもるのよ。夫人《カドゥン》になるのも夢じゃないわ。いずれは母后の座だって……！　ああ、夢が膨らむ！」

デュッリーの瞳はどこも見ていない。うっとりと頬を染めて、母后付き女中《ヴァリデ・ウスタ》として大金を手にする未来を夢見ているようだ。

「な、なにもしてないのに。誤解なのに」

愕然としていれば、ふいに鋭い視線を感じた。窓から見える廊下に誰かが立っている。

青白い顔。修羅のような表情を浮かべているのは――ヤーサミーナだ。

「ヒッ……！」

殺意のこもったまなざしから身を隠す。

――目立たないように過ごそうって決めたのに……！

どうやら、ハレムで平穏な生活は送れなそうだ。

閑話　母后用人《ヴァリデ・ケトヒュダス》の胸のうち

――ライラーが意図せぬ昇格により大混乱に陥っていた時より、数刻ほどさかのぼる。

薄明に彩られた空が色を取り戻し始めていた。

中庭を望む露台に立った母后《ヴァリデ・スルタン》ファジュルは、そっと息をもらす。

「あの娘は上手《うま》くやったようですね。カマール」

緑青色の瞳が私を捉えた。若かりし頃からけっして色褪《いろあ》せない瞳だ。新たな朝を迎えようとしている世界で、露《つゆ》に濡《ぬ》れた若葉のように鮮やかに輝いている。

「ええ。無事に役目を果たしてくれたようです」

朝の空気はひんやりと冷たい。宦官《かんがん》が持ち込んだ吉報に興奮した主人は、着替えをするのも忘れていた。夜着のままでは風邪を召してしまうだろう。

「失礼」

上着《カフタン》を脱いで主人の肩にかける。冷たい空気に肌が粟立《あわだ》ったが、温かそうな主人の姿を見ているだけで心は満たされた。

目もとを緩めていると、ふいに緑青色の瞳と視線が交わった。

「本当によくやったぞ。カマール」

上着をかき寄せた主人がふわりと微笑《ほほえ》む。

一筋差し込んできた陽光が、小麦色の髪を淡く照らした。

——美しい。

思わず見とれていると、ファジュルはおもむろにまぶたを伏せた。

「あの子には本当に手を焼かされる」

クスクス笑って口もとを緩める。

呆《あき》れと愛情が入り混じった表情だ。母后は息子へ惜しみなく情を傾けている。

新人奴隷ライラーがアスィールと契りを結んだ——

宦官がもたらした報告は、なによりファジュルの心を安らげた。

アスィールが皇帝《スルタン》になってから三年経《た》っている。だが、いまだ子はない。

目下の敵である欧州各国は、互いにいがみ合うのに夢中で、このところ平穏な日々が続いていた。アスィールは若年で、鳥籠《カフェス》には先帝の子が囚《とら》われている。不慮の事故があっても血が途絶える心配はないだろう。焦る必要もないように思えるが——

「急ぎ、アスィールに子を作らせなければならぬ。ライラーにあらゆる配慮をせよ」

ファジュルは焦燥に駆られた様子で言った。

「万が一にでも先帝の子に皇帝の座を渡すわけにはいかぬ。わたくしが生きているうちに、帝国の栄光を終わらせるわけにはいかないのです」

ぽつり、ぽつりとつぶやく。声色に迷いはない。確信している節すらあった。

「おっしゃるとおりでございます。そのために極東の地までおもむいたのですから」

主人の手を握って微笑む。大切な人を安心させたい一心だった。

「ライラーをあなたに捧《ささ》げられてよかった」

ささやくように告げて、手の甲に唇を落とす。

ファジュルは当たり前のように接吻《せっぷん》を受け止めると「本当に」と笑顔になった。

——どんな人間であれば、アスィールのお眼鏡に適《かな》うのか？

ここ数年、私に課せられた命題だった。

ふさわしい人物を探して大陸中をさまよい、見つけたのがライラーだ。

小さな島国の、これまた小さな山城に住まうおてんば姫。民に慕われながらも、型にはまらない奔放さを持っている。城を抜け出して人々と交流する姫の〝名声〟は、父親の名と共に都まで聞こえていた。アスィールも型に囚われるのをよしとしない。為政者の子として生まれ落ちたふたりは、似た価値観を持っているのだろうと容易に想像できた。

更に、和の国では女性の支配者が何代も続いた過去があるという。

まさにうってつけだった。

ファジュルが求める奴隷は、政治に興味関心がある者でないといけない。

容姿だって申し分ない。故郷では蔑みの対象だったようだが――

初めて見た瞬間、淡い期待を抱いてしまうくらいには胸が高鳴ったのを覚えている。

帝国への帰路の最中も驚きの連続だった。奴隷にされた娘が取り乱すことは少なくない。誰もが帝国の実情を知っているわけではないのだ。見知らぬ国へ連れ去られる運命に悲観して、みずから命を絶とうとする者も多い。

だが、彼女はいつだって凜《りん》と前を向いていた。

取り乱すどころか、所作のひとつひとつに気品を漂わせてすらいる。

どんな時も冷静で理知的。初めて耳にしたであろうダリル語ですら、一ヶ月もかからずに日常生活に差し支えない程度まで習得してしまった。後宮《ハレム》に入るまでの準備期間では、筆記や計算までこなしたという。とんでもない吸収力だ。

それだけではない。ひとたび口を開けば、彼女の利発さには目を見張るばかりだった。ふと投げかけられる質問に、何度ドキリとさせられただろう。

『ねえ、カマール。大河を使った物品運搬方法について教えてくれない？　下りはいいわ。流れに沿うだけだもの。復路は？　陸路を行くの？　船はどうするのかしら。まさか荷を送るたびに新品の船を買うんじゃないわよね。別の方法があるのかしら……』

私の期待どおりに、彼女は流通や経済、政治に興味があるようだった。

そこらの村娘であれば、けっして興味を示さない事柄に目を輝かせている。

聞けば、舞いや歌、詩作までこなし、自国の歴史にも通じているという——

女性とは思えない教養だった。

男尊女卑を徹底している我が国では、女性に教育を施すこと自体が稀《まれ》だ。

いわく「容姿で劣るぶん、すべて実力で勝ち取らねばならなかった」そうだが……。

ダリル帝国でライラーの容姿は武器になる。

完全武装した超人だとしか思えなかった。

——ライラーならば、アスィール様のお気に召すに違いない。

彼女と過ごす時間が長くなるにつれて確信が増していった。

だから、新人教育をすっとばして部屋付きの地位に就かせたのだ。

あえて教育する必要はない。むしろ彼女らしい色を失ってしまっては大変だ。

ライラーは期待に応えてくれた。アスィールと閨《ねや》を共にしたのだ。

「それにしても」

ファジュルがクスクス笑っている。

「〝盛者必衰《じやうしやひつすい》の理《ことわり》をあらはす〟。あの娘、すべて理解した上で演奏したと思うか？」

「どうでしょうね。たまたまかもしれません。ですが——ライラーは、奴隷市場へ向かう道中も、油断なく辺りを眺めていました。もしかしたら、もしかするかもしれません」

『平家物語《へいけものがたり》』——

ライラーの弾き語りは、ダリル帝国の現状を示唆していたのだ。

帝国は斜陽の時代を迎えつつある。

盛況のように見える天蓋市場《カパル・チャルシュ》も、かつての〝黄金時代〟とは比ぶべくもない。

他国への侵攻は遅れ、政治に腐敗がはびこり、軍隊は堕落して民から疎まれている。イェニチェリの騒動を目撃したライラーが、なにかしら感じていてもおかしくなかった。

——本当に面白い娘だ。しくじれば死が待っていると理解していただろうに。

たとえ偶然だったとしても、彼女の声と演奏には説得力があった。

堂々と一曲歌い上げる胆力には感心するばかりだ。

「あの娘は、アスィールを支えてくれるだろうか」

ぽつりとファジュルが言った。

緑青色の瞳は宙をさまよい、どこか不安げにしている。

「私があの娘を見極めてみせましょう。アスィール様を兄殿下のようにはさせません」

「そうか。…………」

力強く断言するも、ファジュルの表情は晴れなかった。

──自分は彼女のために在ると誓ったのに。どうして不安にさせてしまっているのか。

胸が痛かった。奴隷になった時から、いや──奴隷になる以前から、彼女のために生きると決めていた。もともとはただの司祭の娘であったファジュルが、努力に努力を重ねて母后としての役目をまっとうしている。だのに、自分はどうだろう。彼女に仕えるにふさわしい仕事を成し遂げられているだろうか。

──なんとかしなければ。

ひざまずいて見上げた。

「すべてはファジュル様の望みのままに。どうかお任せください」

ふっくらとした手の甲に額で触れる。

忠誠を示した私に、ファジュルは物憂げにうなずいたのだった。

四章　和の国の姫君、獣を飼い慣らす算段をする

――なんでこんな事態に……。

イクバルに昇格してから一週間。

長椅子にもたれかかり、もう何度目かわからないため息をこぼす。

アスィールとの邂逅《かいこう》を果たした夜から、私の生活は一変してしまった。

ハレムの支配者たるファジュルはこう判断したという。

ライラーこそがスルタンの寵愛《ちょうあい》を得るにふさわしいと。

それ相応の待遇に置くべきだと――

結果、母后《ヴァリデ・スルタン》は最も豪華な個室を与えた。寵姫《ちょうきよう》用の部屋である。

母后の部屋に匹敵するほどの面積を持っていて、白い大理石がふんだんに使われ、赤い花模様の陶板で飾られた室内は愛らしい。惜しみなく宝石を使った装飾品や調度品の存在感はすさまじく、歴代のスルタンの深い愛情を感じさせてくれる。

そんな住まいは、新たにお付きになった女中《カルファ》たちで賑《にぎ》わっていた。

「綺麗《きれい》な髪飾りね。純金だわ」

「こんなの初めて見た。値段が想像できないわね……」

箱の中から豪華な品が現れるたび、女中たちが息をもらす。

あの日以来、母后はさまざまな贈り物を届けさせるようになった。

宝飾品から高級な布地、珍しい動物から楽器まで。

更には母后御用達《ごようたし》だという商人までが足しげく通ってくる。

おかげで宝石箱はパンパン、あっという間に大量の衣装持ちになってしまった。

代金はすべて母后持ちだというから驚きである。

「なにを間違ったのかしら……」

クッションを抱きかかえてボソリとつぶやく。

母后に気に入られたところまではよかった。ハレムから出た後に悠々自適に暮らすのに必要だったからだ。それなりの地位に収まって、のんびり年季が明けるのを待てるようになれば完璧だった。

——なのに。なのにだ!

「ぜんぶ相撲のせいよ」

酔っ払った勢いで取り組みさえしなかったら——

『初めて惚《ほ》れてもいいと思える女に出会えた気がする』

――いや。アイツがあんなことを言ったからだわ！

カチンときて、喧嘩《けんか》を売るような発言をしてしまったのだ。

なんなのよ。思い出すだけで腹が立つ……!!

「デュッリー様！」

感情を持てあましていると、女中がデュッリーに耳打ちしているのに気がついた。

「どうしたの？」

思わず声をかければ、デュッリーは小さく肩をすくめて言った。

「また毒味役が倒れたんですって」

「嘘《うそ》。これで何人目？」

「三人目よ。まいったわね……」

デュッリーと視線を交わし、同時に息をもらす。

「勘弁してほしいわ」

「本当に」

ふたりで遠い目になった。

ここ最近、度重なる毒物混入に頭を悩ませていた。誰かが私の命を狙っている。

最初の毒味役が倒れたのは、イクバルになった直後だ。食事に毒茸が混ぜ込まれていた。ハレムの食事は外廷《ビルン》にある宮廷料理所が一手に担っている。出来上がった料理は、居住区前の廊下に並べられ、必要なぶんをそれぞれの部屋に持ち帰る手はずだ。上位の妾《ジャリエ》であっても食事内容に差はない。スルタンや母后以外は、みな同じ献立となっている。

他で被害は出ていないようだ。調理時に毒物が混入されていないのは明らかだった。

ならば、部屋に届くまでの過程で混入されているのだろう。

もちろん早急に手を打った。

要するに、私のぶんの料理に知らない人間が触れられないよう配慮すればいいのだ。配膳係を信頼の置ける人間に替え、いの一番に料理を確保するなどの工夫をした。

食事に毒が混入されたのはそれっきり。

だが、事件は終わらなかった。

二度目は浴場《ハマム》で配られていたシェルベットに。

三回目の今回は瓶に溜《た》めた飲み水に毒が仕込まれていたという。

手を替え品を替え……ご苦労なことだ。よほど私が邪魔らしい。

「犯人は誰なのかしらね。ヤーサミーナ？」

「どうかなあ。可能性は捨てきれないけれど、母后の座を虎視眈々《こしたんたん》と狙っている人間は他にもいるし。心当たりがありすぎて絞れないわね。ごめんね、ライラー」

申し訳なさげなデュッリーに、いいのよと首を振った。

「それにしても、手段が苛烈ね。相手が気にくわないからって、すぐに命を狙うだなんて。常軌を逸してる」

思い切りがよすぎるように思った。源氏物語《げんじものがたり》の桐壺更衣《きりつぼのこうい》へのいじめだって、嫌がらせで汚物をまかれたり、閉じ込められたりする程度だったのに。

――そういう文化なのかもしれないけれど。

邪魔者にはけっして容赦をせず、情けもかけなければ時間もかけずに排除する。

まさに、母后であるファジュルの行いが証明していた。

「だから寵姫なんてごめんだって言ったのに」

文句を口にする私に、デュッリーは苦笑を浮かべている。

「仕方ないわよ。史上最速でイクバルになっちゃったんだもの。イクバルには〝幸運〟って意味もあるのよ。最も幸運な妾《イクバル・ジャリエ》……。嫉妬されるのは必然じゃない？」

「………。好きでなったんじゃないもの」

ぷいっとそっぽを向けば、デュッリーは小さく肩をすくめた。

「ともかく、これ以上毒味役を倒れさせるわけにいかないわ。なんとかして対処しなくっちゃ。どうしようかしらね。そもそも味方を作る前に昇進しちゃったのがねえ」

「味方……」

「そう。普通は出世する前の期間に仲間を作っておくものなの。アジェミの同輩とかね。輪が広がれば広がるほど、自然と入ってくる情報が増えていくし、不埒《ふらち》な行いを企《たくら》む人間は手を出しにくくなる」

まさにそのとおり。私が無防備なのは、手順を踏まずに昇格した弊害だ。

「………。それがハレムでの生き方ってわけね」

ふう、と息をもらす。

未知の世界すぎてめまいがした。

「ともかく、なにか手を打ちましょう」

眉間にしわを寄せた私に、デュッリーも思案げだった。

「私もできるかぎりはするつもりだけど——やっぱり早急に味方を作るべきね。犯人がわからない以上、監視の目を増やすしかないわ」

「どうやって？」

「ライラーの派閥を作るの」

女性がひしめくハレム内には、当然だがいくつかの派閥がある。

言わずもがな最大勢力は母后の派閥だ。その下に高位の女性たちの派閥が続く。

いまのところ、ヤーサミーナの派閥が母后に次ぐ最大勢力のようだ。

「手段はあるわ。母后からいただいた品を使えばいいのよ」

デュッリーは部屋じゅうに満載の荷物をみやった。

「ライラーを気に入ったからって、こんなに贈り物をくれるなんて不自然だわ。たぶん、活用しろって言っているのよ。どこにも所属していない女中がいるはず。彼女たちに恩を売れれば……」

味方になってくれるかもしれないとデュッリーは語った。

──ようは金銭や宝飾品で釣れというわけか。

「そんなもので繋《つな》ぎ止《と》めたとして、信頼に足る相手が来てくれるのかしら？」

「……え？　なにか言った？」

「ううん。なんでもないわ」

ふるふるとかぶりを振って、それから苦く笑った。

「ちょっと悠長すぎやしないかしらと思って」

犯人は虎視眈々と毒物混入の機会をうかがっている。

のんびり味方を増やしている場合じゃない。いまこそ動くべきだろう。

「ねえ、犯人を見つけ出して懲らしめた方が速いんじゃない？」

ワクワクを隠しきれないでいると、デュッリーの眉間にしわが寄った。

「まさか、自分で犯人捜しをしようなんて思ってないでしょうね？」

「うっ……」

まさに捜査の手順を考えていた私は、たまらず上目遣いになった。

「……駄目？」

「やっぱり」

最高に渋い顔になったデュッリーは、容赦なく指を突きつけて言った。

「犯人の目星すらついてないってのに！　そういうことは、私たちみたいな下っ端に任せておけばいいの！」

「わ、私にしかできない……？」

ライラーは、ライラーにしかできない対策をして」

そんなものあるのだろうか。

思わず首を傾《かし》げていると、ふいにいけ好かない声が聞こえた。

「ならば、スルタンにおねだりをしてみたらどうでしょう」

いつの間にか戸口にカマールが立っている。無遠慮に室内に踏み込むと、素早くデュッリー以外の女中が壁際に控えた。母后用人《ヴァリデ・ケトヒュダス》の存在感は絶大だ。

「味方を増やそうという話には賛成ですよ。毒物を混入されないために必要だ。一刻も早く対処しなければという意見にも同意ですがね。あなたが倒れたら大事だ」

「……犯人を見つけてほしいと泣きつけって？」

「いいえ！　お忙しい御方の手をわずらわせるわけにはいきません。ようは、味方が増えるまで、他者との関わりを最低限に絞れればいいんですから――」

にこり。うさんくさい笑みを口もとに貼りつける。

「専用の浴場、調理場、中庭など。生活に必要な場所をおねだりしたらいかがです。外部から断絶していても、問題なく暮らせるようにすればいいんですよ」

「――はあ？」

「ファジュル様からの贈り物で、部屋も手狭になっているようですし。新築しましょう。必要な設備をひととおり揃《そろ》えて！　……おお。実にいい考えでは？」

「いや、ちょっと待って……」

興奮しているカマールを思わず制止する。

浴場？　調理場、中庭？

――なにを言っているんだ、この男は。

「そんなもの簡単にねだっていいわけがないでしょう！　無駄よ。もっと有用な使い道があるでしょう？　予算に余裕があるのなら、民のために使ってちょうだい！」

すかさず抗議すると、カマールがうっすら瞳を細めた。

「おや。自身が殺されかけているのに、民を思いやるなんて」

キラリ。カマールの瞳が妖しく光った。

「実に素晴らしい心構えですね」

「な、なによ……」

不穏な空気を感じる。

なぜだろう。この男と会話していると背筋がゾクゾクしてたまらなかった。

「ともあれ」

ポン、と手を打ったカマールは一転して冷めた表情で言った。

「スルタンへ褒美をねだりなさい、ライラー。閨《ねや》を共にした妾に褒美を与えるのは、古くからの慣習です。まだなにも受け取っていないでしょう。宦官《かんがん》をよこしたはずです。いまだに返事をもらえずに困っていましたよ」

「う……。それは」

実際のところ、閨を共にしていないのだ。褒美なんて受け取れるはずがない。

モゴモゴと言葉をにごす私に、カマールは深々とため息をこぼした。

「まったく。褒美はただの散財ではありません。あなたならわかるでしょう。幾千万の臣民を抱える帝《みかど》として、己の奴隷にじゅうぶんな施しをする意味を」

「あっ……」

スルタンは公的な存在だ。

どんなささいな行動だって民の耳に入る。施しすら意味があるとすれば──

「一国の長として、懐の深さと帝国の財力を知らしめるため……とか？」

「そうです。スルタンとしての務めでもあるのです」

──なるほど。つまり、私が意地を張れば張るほど、アイツに迷惑がかかってしまう。

心に迷いが生まれた。

寵姫《ちょうき》はごめんだし、子を作るつもりはないが、アスィールを貶《おとし》めたいわけじゃない。

──毒殺は嫌。専用の施設があるに越したことはない。だけど、あんまり施しを受けたら、いずれハレムから出られなくなりそうで……。

複雑だった。どう折り合いをつければいいか判断がつかない。

ウンウン唸《うな》っていると、助け船を出してくれた人物がいた。

「カマール様、主人は控えめな方なんです。褒美の多さに気が引けるんでしょう」

「デュッリー……！」

頼れる側付《そばづ》きは、笑顔でこうも言った。

「とはいえ、お言葉は尤《もっと》もだわ。ライラー、ここは調理場をおねだりしてはどうかしら。相手が毒を使ってくる以上、自分たちで食事を作っちゃうのがいちばんよ。それにほら、あなた故郷の料理が食べたいって愚痴っていたじゃない」

「う」

思わず声をもらすと、「そうなのですか？」とカマールが首を傾げた。

「実は……」

頬を染めてうつむく。

ここ最近、私はある症状に苦しんでいた。

和食欠乏症である。

炊きたてのご飯が食べたい。お味噌汁《みそしる》を飲みながら漬物をかじりたいっ……!!

素朴で滋味深い故郷の味が懐かしくて。夜も眠れないくらいだった。

「アレハンブルの食事は口に合いませんでしたか」

「そうじゃないの。美味《おい》しいは美味しいんだけど！　バターがきいたソテーよりも、醬《しょう》油味《ゆあじ》のあっさりした煮物が食べたいというか……」

和食とダリル帝国の料理では、摂取できる養分が違う気がしているのだ。

満腹なはずなのに、どこか満たされない。

たぶん、私の体には故郷の味でしか納得しない胃が存在している。

「恥ずかしい。こんなの、ただのわがままだわ」

「そうでもないわよ。私もハレムに来たばかりはそうだったもの！　だいたいみんな同じ経験をしてるんじゃないかしら」

「本当に!?」

顔を輝かせていると、壁際に控えていた女中たちも次々と同調してくれた。

「私も最初は大変でしたよ。ハレムの食事は肉が多くって……。魚が恋しくってねえ」

「わかる！　うちもよ。塩を振っただけの焼き魚とか食べたいわよね……」

「ほんと、ほんと」

女中たちは笑顔で経験を語っている。

──そうか。奴隷だものね。

それぞれが遠く離れた地から連れ去られてきた人間だ。

私のように、とつぜん故郷を奪われた者だっているだろう。

「ねえ。そういう時って、どうやって自分を慰めてきたの？」

女中たちは苦い笑みを浮かべた。

「どうもしません。いずれ慣れますわ」

「そう……」

ため息をこぼした。

——ひどい話だ。故郷の料理すら味わえないなんて。

改めて奴隷の不自由さを感じた。なんとかしてあげられないだろうか。

——そうだ！

「ねえ、みんなは故郷の料理の作り方を覚えている？」

「え、ええ。ハレムに来る前は普通の村娘でしたから……」

「よかった！　じゃあ、デュッリーの言うとおり、スルタンに調理場をお願いしましょう。みんなで食べたいものを作りましょうよ！」

私のぶんを料理するだけじゃもったいない。

二度と味わえないと思っていた味を、ハレムで再現するのだ。

きっと楽しいだろう。奴隷身分の不自由さを忘れてしまうくらいに！

「本当ですか……!!　ありがとうございます。ライラー様！」

「楽しみ！　なにを作ろうかしら」

「シチューなんていいわね。窯も用意してもらえるのかしら」

誰もが楽しげにはしゃいでいる。いい笑顔だ。こっちまでニコニコしてしまった。

「まったく、あなたという人は……」

カマールはどこか呆《あき》れた様子だ。

「自分への褒美でしょうに。他人のために使ってどうするのです」

「どうせもらわなくちゃいけないなら活用すべきよ。自分のためにもなるしね。いい加減、和の国っぽいご飯を食べたいわ！」

——ああ。待っていてね。ホカホカ炊きたてご飯……！

想像しただけでよだれがこぼれそうだ。

更に毒の混入も防げる。まさに一石二鳥ではないか。

「そうですか。あなたがそれでいいのなら構いませんが」

ニヤニヤが止まらない私に、カマールは苦く笑っている。

「じゃあ、スルタンによろしく伝えておいてくれる？」

「いいえ」

カマールは一歩前に進み出て、うやうやしく頭を下げた。

「褒美の内容は、ご自身でお伝えください」

「え？」

「今宵《こよい》の伽《とぎ》の準備をお願いします」

「嘘《うそ》。このあいだ呼ばれたばかりじゃない！」

悲鳴に近い声を上げた私に、カマールは嫌みったらしいくらいの笑みを浮かべた。

「一週間も経《た》っています。別に毎日通っていただいても構わないのですよ？」

「うう……」

「御子を宿す日を心待ちにしております」

笑みをたたえた青い瞳はまったく笑っていない。

母后用人は、相変わらず食えない男なのだった。

＊

——その日の晩。

「というわけで、褒美に専用の調理場をください」

帳《とばり》が下ろされた寝台の上で、アスィールに言った。

毒混入の件は伏せたままだ。正直、大事にされたくなかった。自分なりに対処するつもりだし、下手に騒いで注目を浴びたくないという気持ちもある。

手にしていた書類から視線を上げた彼は、こともなげに答えた。

「別に構わんぞ。調理場のひとつやふたつ。ヤーサミーナには浴場を作ってやったしな」

――さらっと言った……！

さすがは大帝国。気前がいい。私とは金銭感覚が違う。

「他にはいらんのか。宝石やら服やら。なんでもねだればいい」

「そうはいわれても――」

閨を共にしていないのだ。褒美をもらう権利があるのかすら怪しい。

――私はご飯さえ食べられれば……。

「ハッ！」

あることを思い出して衝撃が走る。

そうだった。ご飯を炊くだけでは和食は完成しない。

「アスィール様！　お言葉に甘えてもいいですか!!」

「お、おう。なんだ」

「味噌と醤油と鰹節《かつおぶし》と昆布をください！」

「はあ？」

「これがないと困るんです。出汁《だし》を取るにも、味付けをするにも!!」

せっかく和食が食べられると思ったのに。現状じゃなにもかもが足りない。

「あらゆる交易路がダリル帝国に繋《つな》がってるんですよね！　なら、和の国の調味料くらいはありますよね……!?」

「お、おお、落ち着け。なにを言ってるんだお前は！」

ガクガクと揺さぶられたアスィールは、私の手を離してため息をこぼした。

「調理場はともかく、ショウユ？　カツオブシ？　初耳だぞ。なんだそれは」

「調味料ですよ。わ、和の国の心なんですっ……！」

「お前の国は心を食うのか。変わってるな」

「なんとでも言ってください。醤油があればだいたい解決するんですよ！」

「そうは言われてもな。知らないものは知らない」

「嘘……」

なんてこった。

醤油はダリル帝国に伝わっていないらしい。

和の国から片道で一年はかかる。これぱかりは仕方がないのかもしれない。

「美味しい和食が食べられると思ったのに。炊きたてご飯だけじゃ……」

がっくり肩を落としていると、アスィールがさもおかしげに言った。

「ショウユ……はともかく、米ならピラウがあるだろうに。調理場をほしがるほどか？」

「なにも混ぜずに炊いたご飯がいいんです！」

「なぜだ。どうしてそこまでこだわる」

「だって！」

ワナワナと手を震わせた私は、ガッと強く拳を握りしめて熱弁した。

「炊き込みも嫌いじゃないですが、お米そのものを味わいたいじゃないですか！」

「そういうものなのか……？」

ダリル帝国には、米を使った料理がさまざまあるが、扱いは副菜だ。

彼等《かれら》の主食は小麦を使った麺麭《パン》だった。米は味付けして食事に添えるもの——

——相容《あい》れない。これぱっかりは無理！

私にとって、生まれてこのかたずっとお米は主食だった。ぜったいに譲れない！

「ああ、なんてこと……」

くらりとめまいがした。

ダリル帝国で食べられる和食は、塩むすびが限界なのだろうか。

満たされない。確実に満たされない予感がするッ……！

「悲しい」

しょんぼりと肩を落としていると、アスィールが小さく笑った。

「そう気を落とすな。時間はかかるかもしれないが、手に入れてやるから」

「ほ、本当ですか……!?」

ぱあっと顔を輝かせた私に「もちろんだ」とアスィールがうなずいている。

「嬉《うれ》しい！　じゃあ、私にもなにかさせてくれませんか」

「なにか、とは？」

「調理場を作ってもらうお礼です。力になれることがあれば言ってくれませんか。ただで施しを受けるわけにはいきません」

私はアスィールの妻ではなく、ダリル帝国に骨を埋める覚悟もない。

ならば、受けた恩はきちんと返さねば。

「スルタンが仕事として奴隷に施すように、私には私なりの矜持《きょうじ》があります」

きっぱりと宣言すれば、彼は面白そうに瞳を輝かせた。

「お前は本当に変わっている」

フッと優しく笑んで、ひとつ提案をした。

「じゃあ、明日。俺に時間をくれないか」

「時間……？　また寝室に来いと？」

アスィールは「違う」とかぶりを振って、手にしていた書類を手渡してきた。

報告書のようだ。素早く目を通す。

市民が経営する商店に被害が出ているらしい。かなりの数だ。

犯人と目されているのは——イェニチェリである。

「また暴走を？」

「そうだ。奴らの振るまいが悪化していてな。大人しくさせるための対策を講じたい。お前も言っていただろう。『なにかしら首輪をつけるべきだ』と」

「……！」

どきん。心臓が高鳴った。為政者としての仕事だ。気持ちが昂《たか》ぶる。

「お手伝いします！　いい案を出せたら——」

「わかってる。調理場に調味料だろう？」

「結構です。それで、対策を講じるとはどうやって？」

問いかけに、アスィールはにんまり笑った。

「もちろん現場視察に決まってる」

＊

バトラ宮殿には無数の隠し通路がある——

デュッリーの言葉は事実だった。

寝室を訪れた翌日。アスィールが懇意にしているという宦官《かんがん》の手引きによって、私たちはひそかにハレムを後にした。

デュッリーには、スルタンと秘密裏に出かけると伝えてある。

『さっすがはライラー！　フフフ、新しい宝飾品とかおねだりしてきたら？』

どう考えても逢《あ》い引《び》きだと思われていた。誤解である。

——まあ、そう思わせておこう。詮索されても困るしね。

先導する宦官とアスィールの背中を眺めながら、頭をすっぽり覆ったヒジャーブをかき寄せた。薄暗い地下通路だ。奥からうっすらと明かりがもれている。

——この先が外の世界に繋がってるんだ……！

心臓がトクントクンと高鳴っていた。

「ここだ」

アスィールが石造りの重い扉を押していく。

延々と続くと思われた通路は、町のど真ん中にあるモスクに繋がっていた。

「開・放・感ッ……！」

通路から出たとたん、あまりの嬉しさに両腕をぐんと伸ばした。

人影はない。

先代のスルタンが建てたという祈りの場には、柔らかな日差しが注いでいる。

「嬉しそうだな？」

はしゃぐ私に、アスィールが苦い笑みを浮かべていた。

「そりゃあ！　高い壁に囲まれたハレムから出られたんですもの！　これ以上の快感はないです！　……懐かしい。故郷にいた時もよく城を抜け出したっけな」

藤姫《ふじひめ》時代の記憶。すごく遠い出来事のようだ。

「皇帝《スルタン》の癖に宮殿を抜け出してと、前に叱られたような気がするんだが……」

宦官に戻る時間を告げながら、アスィールはクスクス笑った。

パッと顔が熱くなる。

「ま、まあ。それはそれですよ。あなたと私じゃ立場が違いますからね」

「ふうん？」

「あっ！　誤魔化したなって思ったでしょう！」

「秘密だ」

宦官と別れ、アスィールの後についてモスクの外に出る。

モスクのそばには天蓋市場《カパル・チャルシュ》があった。今日も多くの店が軒を連ねている。

そういえば、前はちっとも覗《のぞ》けなかったなあ……。

「目的の場所までやや距離があるな」

ちらりと私の様子をみやったアスィールは、悪戯《いたずら》っぽい笑みを浮かべた。

「どうだ。視察としゃれ込むか？」

「いいんですかっ⁉」

よほど物欲しそうに眺めていたのがわかったのだろうか。

ほんのり恥ずかしく思いつつも、粋な計らいに嬉しくなった。


ふたりで天蓋市場を見て歩く。

相も変わらず、市場は色とりどりの品であふれている。

あらゆる交易路が通じる国。商人たちは一攫千金《いっかくせんきん》の好機を狙って、さまざまな品を持ち込んでは売りさばく。そして帝国で仕入れた品を各地へ持ち帰るのだ。

商いに利用されるのは、なにも食料品や香辛料、反物や小道具類だけではない。

天蓋市場には生花や苗を扱う店が多くある。

店先を鮮やかに彩るのはチューリップ《ラーレ》だ。

ダリル帝国はラーレの産地。球根を欧州各国へ持ち込んだりもしているようだ。

アスィールによると、貴族主義の国々では庭造りが好まれるという。花の球根ひとつで多額の財産を築いた商人もいるらしい。

——花で好機を得るなんて。すごい人もいたものね。

感心しながら店先を眺めるも、正直なところ気もそぞろだった。

——お花もいいと思うのよ。だけど、どっちかというと……。

「花より団子って感じかしら……！」

花屋の前を素通りした私は、屋台で美味《おい》しそうなものを見つけては買い求めた。

市場では食べものを取り扱う店も多い。あちこちからいい匂いがする！

真っ赤な汁に浸《つ》かった漬物トゥルシュ。ゴマがたっぷりまぶされた円形の麺麭シミット。

大ぶりの貝に炊き込みご飯《ピラウ》を詰めたミディエ・ドルマス……。ううん、たまらない！

——え？　単純に腹が減っただけじゃないかって？

いやいや。食事の内容は市民の生活に直結する。民がどんな食材を常食しているか知る必要があった。間違いなく視察の一環である。

「おい。それをどうするつもりだ」

腕いっぱいに商品を買い求めた私を、呆《あき》れ顔《がお》のアスィールが見つめている。

「どうするって……食べるに決まっているじゃないですか。特にこれ。バルック・エキメッキ！　麺麭に鯖《さば》を挟んだんですって。生の鯖を焼いた料理ってすごくないですか!?」

私の故郷は山間にある。新鮮な魚なんて滅多に食べられなかった。

鯖が夕餉《ゆうげ》に出る機会もあったが、いつだって長期保存に向いた塩鯖ばかり。

あれはあれでお茶漬けにすると美味しいんだけど——さすがにしょっぱすぎて。

「塩を軽く振って焼いただけの鯖って食べてみたかったんです！　ウフフ……」

念願叶《かな》ってニコニコが止まらない。

そんな私をアスィールはじとりと見つめている。

「楽しそうでなによりだが……。どこで食べるつもりだ。外で顔を出すつもりか？」

「え？　駄目でしょうか」

「駄目に決まっているだろう。非常識だ」

「ええ……」

衝撃だった。この辺りでは、成人した女性は家族以外に素顔を晒《さら》さないという。なにより、他人に髪を見られるのを恥じるのだとか。

「戻ってから食べろって？　面倒なんですけど……」

「悪かったな。そういう慣習なんだよ」

せっかくできたてホカホカなのに。

ぷう、と頬を膨らませる。どうにかしてこの場で食べられやしないか。

キョロキョロと辺りを見回した。薄暗い路地を見つけてにんまり笑む。

「ちょっと来て！」

「お、おいっ……！」

手を引いて路地に入っていった。予想どおり誰もいない。

――よしっ！

「ラ、ライラー!?」

ヒジャーブを解く。まとめてあった髪を解放すると、アスィールを壁際に押した。

「……ッ！　おい、待て。なにを――」

ぴったりと密着する。半ば抱きつくような恰好《かっこう》のまま、ヒジャーブを手渡した。

じっと上目遣いで見つめ、人差し指を唇に当てる。

「静かにしてくださいませんか。ついでに……スルタン、私を隠してくださる？」

ゆるりと笑むと、アスィールの喉もとがこくりと動いた。

「あ、ああ……」

頬を紅《あか》く染め、通りから見えないようにヒジャーブで私を覆い隠した。

――よし。これで誰かに見られはすまい。

ほくそ笑んでいると、なぜだか彼の瞳は熱っぽく、耳まで真っ赤に染まっていた。汗がにじみ、しっとりと肌が濡《ぬ》れている。

「ライラー」

私の名を口にして、熱心に見つめてくる。

そっと息をもらして、苦しげに眉根を寄せた。

――どうしたんだろう。

思わず首を傾《かし》げた。

密着しすぎて暑いのかもしれない。さっさとすまそうと動き出す。

「じゃあ――いただきますね」

「は？」

パン！と両手を合わせる。荷物からバルック・エキメッキを取り出して頬張った。

「んんんんっ……！これは美味しいっ!!」

バルック・エキメッキは、薄型の麵麭の間に、塩焼きの鯖と香味野菜を挟んだ料理だ。

じゅわっ！噛《か》みしめるごとに鯖のうま味たっぷりの脂がにじむ。

鯖は身が厚く、非常に食べ応えがあった。特に調味料を使っているわけではないが、単純な組み合わせが逆に素材の味を引き立てている。実に美味だ！

モグモグ咀嚼《そしゃく》していると、アスィールが呆然《ぼうぜん》と私を見ていた。得意満面で語る。

「これなら顔を見られずに食べられるでしょう？」

「なるほど。……そういうことか。いや。そうだよな。うん。ちくしょう」

「どうしたんです？」

「なんでもない。放っておいてくれ。食べるなら早くしろ」

プイとそっぽを向かれて首を傾げる。

いやに不機嫌だ。なにか気に障ったのだろうか。

「そういえば。麺麭に焼き印が押されているのはなぜです？」

考えても仕方がないと、食べながら質問を投げる。

気になっていたのだ。いま手にしているバルック・エキメッキだけではない。市場で麺麭専門店をいくつか見かけたが、どの麺麭にも同じ印章が押されていた。それもダリル帝国の国章に似ている。

額の汗を拭ったアスィールは、やや疲れた様子で答えてくれた。

「あ、ああ……。うちの国では、麺麭の値段を保証しているんだ。麦が高騰すると、麺麭の価格も上がるだろう？　場合によっては餓死者が出る。だから、一定額で供給すると決めてあるんだ。印は政府認定の証《あかし》だな」

「値段の見直しは適宜？」

「もちろんだ。無理をして国庫が空になったら意味がない」

「へえ……！　施策は誰が？」

「俺だ。もうすぐ二年になるが、それなりに上手《うま》くいっている」

「なるほど」

再び麵麭に視線を落とす。

感心してしまった。民の生活を第一に考えた良策ではないだろうか。

「やるじゃないですか」

心からの笑顔を向ける。

「だろ？」

アスィールはくすぐったそうに笑んだ。

「おいっ！　イェニチェリにやられたってよ！」

「またか。クソッ!!」

市場の方から男の声が聞こえてきた。なにやら騒がしい。

アスィールは、見たこともないほど険しい表情になっている。

「ライラー、行こう」

「はい」

食べかけのバルック・エキメッキを急いで呑み込み、ヒジャーブを受け取ってうなずく。

身をひるがえすと、私たちは騒ぎが起きている方向へ駆けていった。


騒動が起こったのは肉屋だった。

店は惨たんたる状況だ。木製の棚は破壊され、肉が吊《つ》り下《さ》げられていたであろうかぎ針は引きずり下ろされ、あちこち土まみれになった肉片が転がっている。

一方的に殴られたのだろう店主は血まみれで、知人たちに介抱されていた。

「ちくしょうっ……！　なんなんだ。なんなんだよ、イェニチェリどもめっ……！」

店主の叫びが痛々しい。

いわく、店先に現れたイェニチェリたちに、商品の肉や売り上げを奪われたのだそうだ。

暴徒と化したイェニチェリは口々に言った。

『命を賭してスルタンを守る役目を仰せつかっているというのに、我々が贅沢《ぜいたく》できないのは理不尽極まりない』

「くそっ。このままじゃ犠牲《クルバン》・祭《バイラム》までに羊を仕入れられなくなる」

力なくうなだれる店主に、誰もが同情の視線を送っている。

「アスィール様、犠牲祭って……？」

「神への信仰心を示すために、犠牲を捧《ささ》げる日だ」

ダリル帝国の人々は、犠牲祭の日には親族一同で集まるのだという。みんなで生贄《いけにえ》に捧げた家畜を食すのだ。屠《ほふ》った獣の肉は、自分たちだけで消費するのではなく、貧しい人々へも分け与える。分かち合いの精神を大切にせよという神の教えだった。

「毎年恒例の祭事だが、肉は欠かせないんだ。祭りまで時間がない。このままじゃ……」

アスィールの表情は険しい。よほどの事態のようだ。

なるほど。和の国でいえば、正月に餅がない状態に近いのだろう。

「肉屋を襲うだなんて。イェニチェリってそんなにお手当が低いんですか？」

「けっして高給取りではないが――税の優遇を受けているし、貧しいはずはない」

「じゃあ、たんに鬱憤を晴らすため？」

「わからん。わからんが――その可能性はある」

「……ひどい話ですね」

「まったくだ」

苦々しい気持ちで惨状を見つめた。

こうしたイェニチェリによる強奪は、市中のあちこちで行われているそうだ。

自分たちの存在を認めてほしい。

ただそれだけのために、暴虐の限りを尽くしている。

「駄々をこねている子どもみたいだわ」

理不尽極まりない。どう考えても暴走寸前のように思えた。

——なんとかしないと。

現状をどうにかできるのは為政者《わたしたち》しかいない。

決意を新たにしていると、憤る市民の声が聞こえてきた。

「イェニチェリがあんなにも横暴なのは、現スルタンが惰弱だからだ！　前スルタンの時は、こんな事件は起こらなかった！」

——なに？

思わず耳をそばだてる。道端で男ふたりが熱心に議論を交わしていた。

「確かにな。でもよ、前スルタンの治世もさんざんだったろ？」

「まあな。正直、生きた心地がしなかった」

「だったら、いまの方がマシじゃないか？」

「そうは思わないがな。〝狩人《かりゅうど》アスィール〟だろ――」

――狩人？

予想外の言葉に眉をしかめた。

噂《うわさ》されている本人を覗《のぞ》き見《み》るが、無表情のまま微動だにしない。

「アイツは本当に駄目だね！　政をほっぽって、毎日狩りに勤《いそ》しんでいるらしい。絵に描いたような放蕩《ほうとう》息子なんだと。だからイェニチェリになめられる」

「母后は慈愛にあふれた優秀な方なのにな！　麺麭の値段保障だってファジュル様の功績だ。狩人はなんにもしちゃいねえ――」

男は大袈裟《おおげさ》に肩をすくめると、さも面白い冗談のように言った。

「お飾りとはいえ無能すぎるのも困りもんだ。このままじゃ、そのうち狩人アスィールもイェニチェリに殺されるだろうよ」

「え……？」

頭が真っ白になった。

狩人アスィール？　放蕩息子？　お飾り？　イェニチェリに殺される……？

あまりにも情報が混沌《こんとん》としていて、頭が上手く動かない。

「ねえ、いまの話なんだけど――」

自然と足が動いていた。雑談していたふたりに事情を確かめようと歩き出す。

「やめておけ」

だが、すぐに止められてしまった。私の手を掴《つか》んだのはアスィールだ。

「来い」

「え、あ……ちょっと！」

手を引かれて歩き出す。

無言のまま歩くアスィールの背中を眺めて、私はどことなく不安を覚えていた。

＊

私たちは最初に到着したモスクへ戻ってきていた。

礼拝を終えたばかりなのか、室内には香の匂いが満ちている。

モスクの最奥には、真新しい石棺があった。アスィールは棺《ひつぎ》の前に立ち尽くしている。

「事情を説明してくれませんか」

静謐《せいひつ》な空気が満ちる部屋に声が響く。

無言のまま棺を見つめている彼に、気が重くなった。

──どういうことなの。目の前の男がわからなくなってしまった。

権力の上にあぐらをかく人間には見えないのに、民に〝狩人〟などと呼ばれている。

にわかには信じられなかった。寝台で政を語るアスィールの姿は生き生きとしていて、
責任を投げ出して放蕩するような人間だとは思えない。

けれど──

スルタンは公的な人間だ。一挙一動が民に伝わる。

彼等《かれら》がアスィールを〝狩人〟と呼んでいるのだ。相応の事情があるのだろう。

「もし、あなたが噂どおりの人物なのだとしたら」

キッと睨《にら》みつける。私は毅然《きぜん》として言った。

「腹心にはなれない。〝狩人〟とは相容《あいい》れないから。いえ、相容れたくもないんです」

「………………」

少しの沈黙の後、アスィールはようやく口を開いた。

「建て前上、俺は政に関与していないことになっている」

天窓から注ぐ淡い光が、彼の姿を照らしている。

翡翠《ひすい》の瞳はどこまでもまっすぐで透き通っていた。なんの曇りもない。

「どうしてです?」

「都合がいいからだ。民にとっても。イェニチェリにとっても」

アスィールはかたわらの棺の表面をゆるゆると撫《な》でた。

「原因は、前帝──俺の兄、イブラヒムにある」

物憂げにまぶたを伏せて、そっと衝撃的な事実を声に乗せた。

「兄上はイェニチェリに処刑された。ダリル帝国史上、初めて弑逆《しいぎゃく》された君主だ」

「……ッ！」

息を吞《の》む。わけがわからず、ふるふるとかぶりを振った。

「兄王が民に殺されたというのなら、どうしてあなたが玉座にいるんですか」

普通なら、民が擁立した新君主が国を預かるはずだ。

だが、兄から弟へ政権は引き継がれている。ここにも異国なりの事情があった。

「忘れるな。ダリル帝国は一神教を国教として掲げている。スルタンは神の代行者。一神教の指導者でもある。おいそれと、そこらの人間が担える役目ではない」

「そういう意味では守られているのですね？」

「ああ。人々を導く人間には、かつて神の御言葉を賜った予言者の血が流れていなければならない。だが──君主としてふさわしくないと判断されれば、立場は危うくなる。政権を引き継げる王族男児がいて、宮廷内の有力者の支持があり、一神教長老らの法意見書《ファトワー》による権威づけされた根拠さえあれば、民衆によるスルタンの廃位は可能だ」

アスィールは肩をすくめた。

「これが現状なんだよ。君主制とは名ばかり。我が帝国は、そこらの共和国より民主的に政が行われている」

「それは……難しい舵《かじ》取《と》りが求められるでしょうね」

「ああ。不満を覚えれば民はすぐさま牙を剝《む》く。その先鋒《せんぽう》となったのがイェニチェリ。そして、忌まわしき最初の犠牲者となったのが──兄上だった」

アスィールは淡々と語り出した。

「若人王と呼ばれた兄上は、民のために尽くした人だった。当時、ダリル帝国は斜陽にあった。黄金時代が過ぎ去り、国力が落ち始めていたからだ。兄上は、帝国にかつての栄光を取り戻そうと、あらゆる手段に出た」

イブラヒムは、腐敗が広がっていたイェニチェリの改革に乗り出した。

かつてイェニチェリを構成していたのは、異国から奴隷として徴用された少年たちだ。眉目秀麗、身体頑健な者を集め、改宗させたのちに軍人として鍛え上げる。軍隊としてのイェニチェリの練度はすさまじく、彼等の名は欧州各国を震え上がらせたという。

だが、それも時代が下るにつれて変容していく。

イェニチェリに与えられる特権に釣られ、軍人以外の人間も入り込むようになった。軍務には参加せずに甘い汁だけを吸う〝幽霊軍団員〟だ。イェニチェリの人数は膨れ上がっていき、黄金時代に比べ五倍以上にもなっていた。

「当然、兄上は〝幽霊軍団員〟の存在を問題視した」

「でしょうね。戦えない者を養う必要はない。なにかしら手は打つべきでしょう」

「俺もそう思う。だが――」

アスィールの表情が歪《ゆが》む。

「兄上はやり方を間違えた。正しすぎたのだ」

「正しすぎた？」

「兄は正義の人だった。評価されるべき政策も行ったが、自分の価値観や考えを、一方的に……押しつけるきらいがあってな」

アスィールにしては、はっきりしない物言いだ。

もどかしげに視線をさまよわせ、どこか悲しげに続けた。

「イェニチェリだけじゃない。民からもひどく反感を買っていた。皇帝不要論が噴き上がるくらいに。我慢の限界を迎えた民は皇帝を見限った」

ポルスカ共和国への遠征に失敗したのもまずかった。他国への侵略成功により、地盤を盤石にするはずだったイブラヒムは、守るべき民たちに糾弾され――

結果、民意を汲《く》んだイェニチェリはスルタンへ牙を剝いたのだ。

「兄上は殺された。奴らはけっして容赦しなかった。鳥籠《カフェス》に俺がいたからだ。たとえ死んだとしても、ダリル帝国の血は途絶えることはない。若人王の代わりはいる」

「あ……」

「兄上の遺体は――宮殿前に晒《さら》されたそうだ」

あまりの事実に息が詰まった。

「ご、ごめんなさい。あなたと寝室で初めて語り合った日。わ、私……！」

なにも知らないまま、傷口を抉《えぐ》るような発言をしてしまった。

「いいんだ。事実を言い当てただけだ。構わない」

小さく息をもらしたアスィールは、再び棺へ視線を落とした。

「それから、俺が皇帝の座についた。古《いにしえ》から続く血統を遺《のこ》すためだけに。……誰も俺に帝位なぞ継いでほしくなかったようだがな。民は皇帝による統治に飽き飽きしていた。望まれていたのは母上だ」

「ファジュル様が……？」

「ああ。俺の父は早くに亡くなってな。兄上が幼い頃は、母上が大宰相と共に国の舵取りをしていた。当時は……ほどほどに穏やかな時代だった。戦もなければ大きな事件もない。ゆるゆると内部の腐敗が進行していたものの、民が事情を知るはずもないからな」

ため息をこぼしたアスィールは、自嘲気味に語った。

「兄上が亡くなった当時、国内は非常に不安定だった。皇帝を死に追いやったイェニチェリをどう扱うかも難しくて――。弟の俺がなにか仕出かせば、再び不満が爆発しそうな気配すらあった。だから、表向きは母上が政治の舵取りをしているように見せかけている。実際に実務を担っているのは俺だがな。〝狩人アスィール〟というあだ名がついた原因は、視察のためにたびたび宮殿を抜け出していたせいだろう」

――そんな……。

「だから〝腹を割って話せる相手が少ない〟とおっしゃっていたのですね」

表立って動くわけにはいかないからだ。

一奴隷に意見を求めるくらいには、厳しい立場に置かれている。

「それでいいのですか」

じっとアスィールを見据えた。

「一国を預かる身として、名声を轟《とどろ》かせてやろうとは思わないのですか！」

たまらず声を荒らげてしまった。悔しくてたまらなかったからだ。

私も彼も、為政者となるべく生まれ落ちた。

望んだわけじゃないのに、責任を負わされて窮屈な思いをして生きている。

自由なんてない。誰かを想《おも》う心ですら思うままにならない日々……。

それでも私たちは現状を受け入れていた。権利を手にしているからだ。

国を、人を、大金を動かせる。時に誰かの命を無情にも刈り取り、自国民の命を繋《つな》いでいく。そして歴史に名を刻むのだ。名君になれれば後世にまで讃《たた》えられる。

個人としての幸福を捨てる代わりに、名声を望んでも許される立場にあった。だから、どんな時も切磋琢磨《せっさたくま》しようと思えるのだ。なのに、アスィールは当然得られるべき権利を放棄していた。むしろ、このままじゃ彼の名前は帝国の汚点として語り継がれてしまうだろう。だったら、なんのために今まで不自由な思いをしてきたというのか。

悶々《もんもん》としている私に、アスィールは断言した。

「たとえ堕落した王と誹《そし》りを受けようとも構わない」

どこまでもまっすぐなまなざしだった。

迷いはない。透き通った翡翠の瞳は決意に充《み》ち満《み》ちている。

「どうしてそう思えるのです……？　恥辱に耐えてまで、なんのために？」

そろそろと訊《たず》ねれば、アスィールは苦く笑った。

「お前らしくない問いだな。もちろん、民のために決まっているだろう」

話しながらふと遠くを見た。

天窓から差し込む光が幾何学模様《アラベスク》で飾られた室内を照らしている。

美しい光景だった。棺《ひつぎ》に落ちる沈黙ですら世界を鮮やかに彩っている。

「兄上も、俺も。手段は違えど目的は一緒だ。帝国の栄光を取り戻したいだけ」

アスィールはふわりと無邪気に笑んだ。

「民から国を預かっている。どちらを優先するかなんて決まっているだろ？」

白い歯が口もとからこぼれる。

不思議と夢見る少年を彷彿《ほうふつ》とさせた。

「そう、ですか」

——なんだろう。そういう考え方、すごく……好きかもしれない。

兄を殺した民を恨むでもない。どこかに鬱屈した感情を抱えているかもしれないが、それすらも意に介さない強さがある。己の名を汚されるのも厭《いと》わない。君主としての決意の表れ、国に対して真摯であろうという姿勢だった。

——やだなあ。すごくいい男じゃないか。

平安貴族だの、焦げた味噌《みそ》だなんてとんでもない。

実直に国政に取り組む姿はまるで――……。

「ライラ？　どうした。顔が赤いぞ」

「えっ？　い、いやっ、えっと。別になんでもありません！」

声をかけられ、慌てて誤魔化した。

ほんのり熱を持った頬を手のひらで冷ます。咳払《せきばら》いをして話を再開した。

「じ、事情はわかりました。貴重な時間を割いていただいて感謝します。イェニチェリの対策を講じましょう」

「私の意見を聞いてくださいますか」

「もちろんだ」

民のために。なによりアスィールのために、自分の持ち得るすべてで応えたい。

まっすぐに向かい合った私は、物怖《ものお》じせずに意見を口にした。

「問題を解決するには、まず〝狩人《かりゅうど》〟をやめていただきたいのです」

「――!?」

困惑の色を浮かべたアスィールに、不敵に笑んだ。

＊

ライラーと共に、市井に現状視察へ出かけた数日後。

俺は小姓を引きつれて、イェニチェリの訓練場へ向かっていた。

雲ひとつない青天だ。からりと晴れた空を、鷹《たか》が悠々と飛んでいる。

「アスィール様、失礼いたします！」

焦った様子のカマールが追いついてきた。

母后用人。母付きの宦官である。

「どうした」

「どうしたもこうしたも……」

よほど急いで来たらしい。いつも腹が立つくらい余裕綽々《よゆうしゃくしゃく》の男が青白い顔をしていた。

「今後、みずから政治の表舞台に出るつもりだと聞きました。本当ですか」

「ああ、そのことか」

腰に下げた刀の感触を確かめながら、こともなげに返事をした。

「間違いない。じょじょに割合を増やしていくつもりだ。今日の視察だってそうだ」

前方には訓練場の入り口が見えてきていた。チラホラとイェニチェリの姿が見える。誰もが怪訝《けげん》そうな瞳で俺を見ていた。当然だ。即位したっきり、ちっとも顔を見せなかったスルタンが姿を見せたのだから。

「──そんな!」

一瞬だけ声を荒らげたカマールは、必死に声を抑えて続けた。

「ファジュル様が心配されております。あなたに害が及ばないように、あの御方は不慣れな政の場に立っておられるのですよ。お母上の気遣いを無下になさるだなんて……」

「だが、それでは立ちゆかなくなってきている。お前もわかっているだろう?」

「……ッ!」

カマールは視線を泳がせた。

「イェニチェリの件ですか」

「そうだ。市民からも俺の不要論が出始めているな」

「ですがっ……! ファジュル様が」

「黙れ。母上は関係ない」

静かな口調で一喝すれば、カマールは悔しげに眉をひそめた。

──相も変わらず、母上に傾倒しているな。

小さく息をもらして遠くを見る。

カマールが慌てるのも仕方がないだろう。それだけ大きな決断をしたのだ。

あの日――驚きを隠せない俺に、ライラーはこう言った。

『為政者は、時に身中の虫ですら飼い慣らさねばなりません』

凛《りん》とした声。

アメジストの瞳をきらめかせ、極東の小国から来た奴隷は迷いのない口調で続けた。

『ダリル帝国とは規模が違いますが、私の父も民を預かる立場でした。戦乱の世、国を護《まも》るためには、百姓などの雑兵だけでは足りません。戦闘に特化した無頼の徒は貴重な戦力。彼等《かれら》をどう抱え込んでおくかは、常に頭を悩ませる問題でした』

ライラーの故郷を滅ぼした尾田家《おだけ》には、立身出世で知られている人物がいる。

猿によく似ているという噂《うわさ》の武将は、いち農民から成り上がった。かの人物が最も頼った相手も、もともとは賊まがいの行いをしていたそうだ。

兵《つわもの》の扱いは非常に難しい。暴力しか知らないならず者に、普通の道理は通じない。下手を打てば、敵方に寝返る危険性すらはらんでいる――

だが、必要な存在だ。いなければ戦に負けてしまう。

イェニチェリも同じだ。厄介者扱いされてはいるものの、防備を考えれば安易に解体するわけにいかない。どうにかして抱え込んでおくしかないのである。

ならば、どうやってライラーの父は道理の通じない相手を掌握していたのか？

『父上は彼等を常に特別扱いしていました。戦勝祝いの酒はいちばんに届け、なにかと声をかける。名を覚え、共に馬の世話をし、時に相撲で戯れる。ささいなことのようですが、それがどれだけ心を動かすとお思いですか？』

キラリ。大きな瞳を妖しげに光らせる。

『獣を手なずけるには、手ずから餌付けしなければ。他人を介してはいけないのです』

金銭を与えるだけでは駄目だとライラーは語った。

特別扱いに人は弱い。理性より武力に頼ってきた人間にとってはなおさらだ。

傾向として、相手が高位の人間であればあるほど威力が強くなる。

こんなにも地位のある相手に自分は認められている──と錯覚させるのだ。

生死の駆け引きのただ中で生きる無頼の徒は、常人よりも承認欲求が強い。

『最も簡単な方法は、戦での武功を評価することです。……が、それが難しいのでしたね。なら、武力演習にでも付き合って、イェニチェリと同じ釜の飯を食べてみたらいかがですか。ついでに活躍した者に褒美を与えるのがよいでしょうね。──ああ、特別な報奨を用意するべきです。そうですね……ダリル帝国の印章付きの品とか』

『印章……？』

『ええ！　アスィール様が値段を保証した麵麹に印章を押しているでしょう？　民にも高

く評価されている施策ですが、すごくいい方法だと思うんです』

にこりと笑んだライラーは、こともなげに言った。

『だって。印章を見るたびに思い出すじゃないですか。──為政者の慈悲を』

話を聞いた時、全身が粟立《あわだ》ったのを覚えている。

無邪気な笑顔にそぐわない、客観的に物事を捉えた発言の数々。

驚きを隠せなかった。なにより〝支配される側〟のツボを心得ている。

ただの奴隷ではないと思っていたが……これほどまでとは。

『そのために〝狩人〟であってはならないのです。統治者がみずから行動せねば』

だから動け、自分を変えろ。ライラーは無言の圧力をかけてきた。

内心は穏やかではない。

だが、一方で心が弾んでいたのも事実だった。

これほどまっすぐに、俺にもの申せる者は他にいない。

──ああ。まったく面白い女だ！

「ともかく、これからは積極的に働きかけていく。イェニチェリにも、民にもな。もう逃げるのはやめだ。俺は兄上のように表に立つ」

「ですが、いきなり武力演習だなんて。失礼ですが、あなたは侮られている。戯れに傷付けようとする輩《やから》もいるでしょう。イェニチェリは野生の獣と一緒です。理性で推し量れるとは思わない方がいい！」

「それくらいわかっているさ」

ぴたりと歩みを止める。

「だが、なにを恐れる必要がある？　俺は皇帝だぞ」

まっすぐ見据えると、カマールがわずかにたじろいだのがわかった。

「不用意に傷付けようとする奴には、相応の罰を下すだけだ。問題はない」

再び歩き出しながら、笑みを隠しきれない自分に気がついていた。

――そうだ。なにも恐れる必要はない。

これもライラーと話していて気づいたことだった。

状況を鑑みて、母親に表舞台を託して暗躍する。言葉だけ聞けば道理が通っているが、実際はどうだろう。俺の中に恐怖がなかったと言えるか？　言えない。兄の死を目の当たりにした俺は、死の気配に無意識に怯《おび》えていたのだ。

ライラーはそんな俺の背中を押してくれた。

為政者とはどうあるべきか。その武器を思い出させてくれたのだ。

「……わかりました」

カマールは物憂げに眉をひそめた。

「誰に、なにを吹き込まれたのか知りませんが……。前触れもなく、イェニチェリにおもねる真似《まね》をしたら、また悪評が広がるのでは？」

「なにかしら軋轢《あつれき》は出るだろうが——構わないさ」

フッと口もとを緩めた。

脳裏には、『なにか問題が起きたら、また一緒に考えますよ』と言ってくれた彼女の姿が思い浮かんでいる。

極東の地からやってきた美姫《びき》。

初めて彼女の姿を目にした時、あまりの美しさに視線を奪われた。

そのくせ、己の美貌になんの価値も見いだしておらず、実力がすべてだと断言した。まったく行動を予想できない。美味《おい》しい食べものに目を輝かせたかと思えば、ひとたびスモウをとると、大の男にも負けない力を発揮するし……。

不思議な魅力のある女性だった。知らず知らずのうちに、彼女の一挙一動に目を奪われている。発言ひとつひとつが愛おしくて仕方がない。

——子は作らないと決めていた。俺には俺なりの事情がある。

本来なら、女性をそばに置くべきではない。余計な諍《いさか》いを呼ぶだけだ。

なのに、彼女と共にいたいと願ってやまない自分がいる――

……厄介だな。少しずつ、心が囚《とら》われていっている。

ライラーを想《おも》うたび感情がわずかに乱れた。まずいとは思っている。女にのめり込んだ為政者の末路ほど恐ろしいものはない。なのに――彼女を求めずにはいられないのだ。

――これが愛情？　それとも執着か？

未知の感情。どうにも不思議な感覚だった。

「ともかく、だ。いまはイェニチェリの暴走を阻止するのが先決だ。今回の件で、被害にあった民の資産も補塡する。ああ、犠牲祭に使う家畜をこちらで用意してもいいかもしれないな。不安にさせてしまった詫《わ》びだ」

「ただのばらまきではないですか……。なんの意味があるのです」

「意味？　聞いた話だが、食に重きを置くのは悪くない手らしい」

くすりと笑んで、ライラーの言葉を思い出した。

『アスィール様、〝飯の恨みは怖い〟んですよ。まずは相手の胃袋を摑《つか》むべきです』

まさにそのとおりだった。

飢えた獣ほど怖いものはいない。

逆に餌付けされた獣ほど御しやすい相手はいないだろう。

「少なくとも直近の不満は解消されるはずだ。文句があるなら意見を聞くが？」

カマールは困り顔になった。特に意見もないようだ。

「失礼いたします。お話は一段落したでしょうか」

そばで控えていた小姓が割り込んできた。幼少期から俺に仕えていた青年は、凜としたまなざしをカマールへ向けている。

「ご心配はわかりますが、我らのスルタンは優秀です。きっと今回も上手《うま》くやるでしょう。お忘れですか。母后が政治の顔となっていたとはいえ、ここ三年の安寧の日々は、アスィール様のご尽力があったからこそ。侮ってもらっては困ります」

ようは「部外者は口を出すな」と言うわけだ。カマールは目を白黒させている。

――コイツが強く出るのは珍しいな。

「言うじゃないか」

苦く笑えば、小姓はどこか誇らしげに続けた。

「出しゃばった真似をして申し訳ございません。ですが、やっと主人が表舞台に立つ決意を決めたのです。我々下僕は王道を行く貴方《あなた》に付き従うのみ」

胸に手を当てて頭《こうべ》を垂れる。いやに感慨深げに小姓は言った。

「ご活躍を楽しみにしております」

「……だそうだ」

クツクツ笑って母后用人をみやる。彼はなんとも言えない顔になっていた。

「差し出がましい発言でしたね。失礼しました」

ふと、その場を辞そうとするカマールに声をかけた。

「そうだ。お前からの贈り物。とても気に入った。褒美を取らせる」

キョトンと目を瞬《まばた》く。

カマールはゆるゆると口もとを和らげると、どこか満足げに笑んだ。

「そうですか。極東の地までおもむいた甲斐《かい》がございました」

母后用人に背を向けて、訓練場へ近づいていく。

門の前には、屈強な男たちが勢揃《せいぞろ》いしていた。ピリピリと肌がひりつくような視線。誰も彼もが食えない表情をしている。

「ようこそ、我らがスルタン。お初にお目にかかります――」

慇懃《いんぎん》無礼《ぶれい》な態度で、軍団長らしき男が近づいてくる。

――行くか。

覚悟を決めると、大きな一歩を踏み出した。

＊

〝狩人《かりゅうど》〟と呼ばれ、人々から嘲笑されていた皇帝アスィール。

彼は、これより後にじょじょに政治の表舞台に立ち始める。

これをきっかけに、斜陽にあったダリル帝国に大きな変化が起きるのだが――

それがどんな結末を呼ぶのか知るものはいない。

そう。本人を焚《た》きつけた奴隷の妾でさえ。

＊

アスィールと共に市場へ行った日から二週間ほど経《た》った。

寵姫《ちょうき》用の部屋のそばには、立派な調理場が完成している。

「ふふふ……」

妖しく笑う私の前には、念願の故郷の味が完成していた。真っ白でツヤツヤ、ふかふかの炊きたてご飯に、塩をつけて軽く握った塩むすびである。

「いただきまーす！」

はむっと大口で齧《かぶ》りつく。

甘い！　まぎれもなくご飯の味だった。

思わず涙がにじみそうになる。

ダリル帝国で食されているお米は、和の国で栽培されている種と形や食感が似ていた。

片道で一年以上も離れているのに……。不思議なものだ。

「ねえ、そこの包丁取って！」

「うわ。これ塩っ辛いんじゃない？」

調理場では、私付きの女中たちがキャッキャと料理をしていた。

彼女たちは、もともとごく普通の村娘であった者が多い。となれば料理もお手の物だ。

「美味しいよう……」

「お母さんの味だ」

二度と食べられないと思っていた故郷の味。

みんなとても楽しそうで、見ているこっちまで笑顔になってしまった。

――いやあ、上手くいってよかった。

ホッと息をもらす。意識して外出を控えていたからか、あれから毒味役が倒れることもなかった。調理場ができたいま、ますます毒の混入は困難になっていくだろう。

「あとは味方を増やしていけば――」

完璧、のはずなんだけど……。

ため息をこぼす。方法がまるで思いつかなかった。

デュッリーの言うとおり、金銭で釣るしかないのだろうか。

「あの～……」

ふと、室内を見慣れない女中が覗《のぞ》き込《こ》んでいるのに気がついた。

何人かで集まり、ソワソワした様子で私を見つめている。

「どうしたの？」

声をかけると、ひとりが前に進み出た。

「よかったら、私たちにも調理場を使わせてもらえませんか」

他の女中も一斉にうなずいた。誰もが顔を真っ赤にしてモジモジしている。

「私たちも故郷の料理が食べたいんです」

「どうにも我慢できなくて」

部屋の中には美味しそうな匂いが満ちていた。

調理場から漂う匂いに釣られてきたらしい……。

――どうしようか。毒殺の件を考えたら、安易に受け入れるべきではないけど……。

女中たちは誰もが思い詰めた表情をしていた。

気持ちは痛いほど理解できる。正直、放っておけない。

「辛《つら》いわよね」

微笑《ほほえ》みかければ、誰もがハッとした様子で私を見つめた。

「わかった。自由に使ってもいいわよ」

「本当ですかッ！」

ぱあっと表情を明るくした女中たちに、茶目っけたっぷりに笑って言った。

「その代わり、あなたたちの故郷の味をおすそ分けしてくれる？」

困惑気味に顔を見合わせる。「ただの田舎料理ですよ」と謙遜する者すらいた。

「そうじゃないの。田舎料理がいいのよ。ついでに故郷の話を聞かせてちょうだい」

実を言うと、ダリル帝国が支配してきた地域に興味があった。情報はなによりの財産となる。アスィールの腹心でいるためにも必要だ。

「だから、ね。使用料だと思って」

にこりと笑んで、ひとりの手を取る。まっすぐに瞳を覗き込んで言った。

「あなたたちをもっと知りたいの」

「〜〜〜ッ！」

視線が交わった女中が真っ赤になる。

「あの！　私たちもッ……！」

すると、予想以上におおぜいの女中たちが室内になだれ込んできた。廊下に隠れて様子をうかがっていたらしい。揃《そろ》って私の前に居並ぶ。頭を垂れて膝を折った。

「どうか許可をくださいまし！」

「へっ……？」

思わず頓狂な声がもれた。が、気を取り直してうなずく。

こうなれば何人でも一緒だ。

「別に構わないわよ。約束さえ守ってくれれば──」

「……！」

女中たちは興奮気味に互いに視線を交わすと、いっそう深く頭を垂れた。

「なんて寛大なお方！　今日から下につきます。なんなりと言ってください！」

「私もです。こんなに慈悲にあふれた方は他にいませんわ！」

「幸運な妾に忠誠を！」

ポカンとしていると、女中たちは歓声を上げて調理場へ駆けていった。賑《にぎ》やかな声が聞こえる。取り残された私は啞然《あぜん》とするしかない。

「──えっと。つまり……」

味方が増えたってことかしら。

どうも、直接手を差し伸べたのが効いたようである。

無頼の徒ほどではないが、彼女たちも承認されたい欲求が強いようだ──

──まあ、金銭で繋《つな》がった関係よりマシね。

これなら故郷を懐かしむたび、頼ってくれるはずだ。

思わず笑みをこぼしていれば、デュッリーが寄ってきた。

「もしかして、ぜんぶ計算ずくだった?」

「そんなわけないじゃない。そもそも、調理場を作る提案をくれたのはあなたでしょ」

「またまたあ。どう活《い》かすかは本人次第だわ。さすが。やってくれるじゃない!」

「ま、そういうことにしてあげるわ」

得意満面なデュッリーに、肩をすくめてクスクス笑う。

どうせ年季が明けるまで出られはしないのだ。

少しでもハレム生活が楽しくなればいい。

「ところで気になっていたんだけど。それはなに?」

デュッリーが不思議そうに問いかけてきた。私の手に小さな壺《つぼ》を見つけたからだ。

「よくぞ聞いてくれたわね！」

待ってましたとばかりに、フフンと胸を張って答える。

なにも故郷の味に胸を高鳴らせていたのは、お付きの女中たちばかりではないのだ。

「味噌《みそ》とか醤油《しょうゆ》がなくても作れる故郷の味を思い出したの！」

必要なのは、米ぬかと塩、赤唐辛子。できれば乾燥昆布がほしいところ。

手間と時間はかかるが、上手《うま》くやれば、毎日のように故郷の味が楽しめるはずだった。

「完成までもうしばらくかかるけどね。楽しみだわ！」

「へえ〜。そんなに美味《おい》しいの？　ね、中身を見せてよ」

デュッリーは興味津々な様子で手を伸ばしてきた。すかさずサッとかわす。

「駄目よ。人様にお披露目するようなものじゃないわ。ちょっと臭《にお》うし！」

「ええ……。ますます気になる。いいじゃない！　異国のご飯って興味あるの！」

ムキになって手を伸ばしてくるが、必死になって壺をかばった。

ぜったいに見られるわけにはいかない。

なにせ、見た目が実にアレだからだ。デュッリーに引かれたくなかった。

「見せてよ〜！」

「駄目だってば！」

ふたりで揉《も》み合《あ》っていると、とある人物が姿を見せた。

「あらあらあら！　煙臭いと思ったら、ずいぶん盛況ね！　極東の蛮族は、餌付けでしか人心を摑《つか》めないのかしらあ⁉」

嫌味を隠そうともしない声は——ヤーサミーナだ。

「げっ」

思わず意識が逸《そ》れた瞬間、デュッリーの瞳がキラリと輝いた。

「——隙あり！」

「あっ、駄目っ……」

隙を突いた見事な攻撃に、慌てて壺をかばう。

……瞬間、小さな壺はぽーんと私の手から離れてしまった。

綺麗《きれい》な放物線を描いて飛んだ先は——ヤーサミーナの頭上だ。

しかも、空中で蓋が外れてしまった。

——どしゃあっ！

野菜クズ混じりの茶色い物体が降り注ぐ。

ぷうん、酸っぱい臭いが辺りに立ち込めた。

「あちゃあ……」

思わず天を見上げる。なんてこと。やってしまった……!!

「わ、私のぬか床おおおおッ……！」

「なっ……！　なんなのおおおおおおおお!!」

悲鳴と怒号がハレム内に響いていく。

「臭いっ！　なんなのこれ、汚物……!?　ひどい、嫌がらせ!?」

とんだ誤解である。それは美味しい漬物を生み出す魔法の壺だ！

「お、落ち着いて……。違うの、うちの故郷の料理で……」

「嘘《うそ》言わないでッ！　汚物を使った料理なんて存在するはずないじゃない！」

興奮状態のヤーサミーナはまったく聞く耳を持たない。

「ぜったいに許さない。ぜったいによ。後悔させてやるんだから!!」

鼻息も荒く部屋を後にする。

ハレムじゅうに響く金切り声で、女中に指示を飛ばしているのが聞こえた。

デュッリーと顔を見合わせる。

「……逃げてもいい？」

「どこによ……」

深々と嘆息する。新たな波乱の予感がした。

五章　和の国の姫君、対決をする

「――で、汚物を投げつけられたと？」

　母后《ヴァリデ・スルタン》の間に、ファジュルの冷えた声が響いている。

　騒動があった翌日、母后は私とヤーサミーナを茶会に招いた。

　ヤーサミーナが私にひどい仕打ちを受けたと訴え出たからだ。

　母后もさすがに無視できなかったのか、互いの言い分を聞く場を設けてくれた。

　澄んだ青空が広がる昼下がり。卓の上には、香り高い珈琲《コーヒー》や、美味《おい》しそうな菓子類が用意されている。しかし、手をつける気にはとうていなれなかった。

「この女がわたしを辱めようと無体な真似《まね》をしたのです！」

　ヤーサミーナが顔を真っ赤にして癇癪《かんしゃく》を起こしていたからだ。

　彼女は他人が口を挟む隙を与えなかった。一方的に己の主張をまくし立てて、延々しゃべり倒している。耳が痛い。いったいどれだけ時が経《た》っただろう……。

「わかりました。わかりましたから」

うんざりした様子の母后が私をみやる。

「ライラー、お前の主張は？」

小さくかぶりを振って淡々と答えた。

「わざとではありません。驚いて壺《つぼ》がすっぽ抜けただけです」

そもそも汚物ではない。ぬか床である。

事実を述べた私に、ますますヤーサミーナの眦《まなじり》がつり上がった。

「嘘《うそ》を言わないで！　わたしを邪魔に思って排除しようとしたんでしょう!?　極東の蛮族らしい下品さだこと！　スルタンに侍《はべ》る資格があるとは思えません！　帝国の威光を守るためにも、イクバルから降ろすべきです！」

一方的な決めつけ。うんざりだった。とはいえ、好機が訪れている気もしている。

同じイクバルと諍《いさか》いを起こしたのだ。寵姫扱《ちょうきあつか》いから外してもらえるかもしれない。

「反論はありますか？」

カマールの問いかけに、努めて淡々と答えた。

「ありません。私物でヤーサミーナ様のお体を汚してしまったのは事実ですから。降格も視野に入れております。アジェミになっても構いません」

「そうですか」

母后用人《ヴァリデ・ケトヒュダス》が白けた表情で私を見つめていた。

心のうちを見透かされているようで居心地が悪い。

私を仕入れてきたのはカマールだ。失脚するなんて面白くないのだろう。

――でも、寵姫扱いなんてお断りだし。

イクバルでなくなれば、ヤーサミーナも満足するはず――

そう思っていたのに。

「……ッ！　なんなのよ、それ!!」

思惑は外れてしまった。

しおらしい態度が、逆に煽《あお》ってしまったようだ。

首まで真っ赤に染めた彼女は、鬼のような形相で私を睨《にら》みつけた。

「ずいぶんな自信だこと。たとえ降格しても、すぐに成り上がれるとでも!?　次期母后は自分だと余裕ぶっているんだわ！」

「――勘弁してくださいませ。母后の座なんて望んでおりません」

「嘘おっしゃい！　どうせ、閨《ねや》では可愛《かわい》くおねだりしているんでしょ。とんだ二枚舌だわ。最低ね！　親の顔を見てみたい。ろくな人間じゃないに決まってる！」

「……はい？」

さすがにカチンときた。

私のことはいい。だが、親の話となれば別だ。

「ヤーサミーナ様？」

「……な、なによ」

「お父上もお母上も、できるかぎりの教育を私に施してくださいました。なにも知らない癖に、両親を侮辱するのはよしていただけませんか」

苛立《いらだ》ちは表面に出さない。凛《りん》と背筋を伸ばしたまま、まっすぐに見据えて言った。

「資格、資格とおっしゃるのなら、問われるべきはあなたでは？　顔も知らない相手を貶《おとし》めるなんて。品がない。スルタンに侍る価値があるのでしょうか」

「……ッ！」

ぎしり。ヤーサミーナの顔がこわばった。

「なによ。なんなのよ……！」

怒りに震え、口角泡を飛ばしながら叫んだ。

「御託はもう結構!!　ともかく、あなたの振るまいがイクバルにそぐわないのは事実。次期母后にふさわしいのはわたし以外にいないのよ!!」

「だからそれでいいと……」

「お黙り！　あなたの言い分は聞きたくない！」

――これじゃ堂々巡りだわ。

うんざりしていると、嬉々《きき》として発言した人物がいた。

「……つまり。おふたりとも、互いの資格に疑問を持っているわけですね？」

カマールだ。ニコニコとうさんくさい笑みを浮かべている。

――まずい。つい喧嘩《けんか》を買ってしまった……！

ひやりとした。なにやらよくない方向に話が進み始めている。

「待って。誤解です」

慌てて口を挟む。だが、私の主張はあっさりかわされてしまった。

「いえいえ、間違いないでしょう。ヤーサミーナの言うとおり、イクバルはいずれ母后になる可能性を持っています。それなりの素養が求められているのは事実」

母后も、したり顔でうなずいた。

「わたくしのように政に関わる可能性だってある。品のない人間は避けるべきだろうな」

口もとだけで笑んで、私たちをみやった。

緑青色の瞳は、以前と変わらずまるで温かみがない。

「ヤーサミーナ。ライラーの資格を問題視するのならば、機会を設けようではないか。十日後、それぞれ茶会を催しなさい。わたくしを賓客と想定して、スルタンの妻としてふさわしいもてなしをせよ。どちらが優れているのか競うのです。自分こそが寵愛《ちょうあい》を得るべきイクバルであると証明してみせよ」

「え？　あ、は、はいっ……！」

困惑の色を隠せないヤーサミーナに、意味深な笑みを浮かべた。

「勝利した暁には、しばらくアスィールを独占させてやろう。望むだけ閨に侍るがよい。母后になりたいのであろう？　最初の子を孕《はら》む栄誉がほしくはないか？」

「……ッ！」

頬を紅潮させたヤーサミーナは、勢いよく顔を上げた。

「もちろんです。ご、ご期待に応えてみせます……！」

ふるりと武者震いをして、立ち上がる。

「準備がありますので、これにして失礼しますわ!!」

景気よく宣言したかと思うと、踵《きびす》を返して母后の間を出ていってしまった。

「…………」

取り残された私は、あまりの急展開に動けないでいた。

わけがわからない。どうしてヤーサミーナと競わねばならないのだ。

──それに……。

違和感があった。

ハレムの住民は奴隷だ。カマールが直接的に仕入れてきた私と違い、あちこちから無作為に連れられてきた人間ばかり。教育とは無縁の牧歌的生活を送ってきた者も多い。

なのに、品格がほしいですって？　冗談もほどほどにしてほしい。

そういう人間を求めるなら、征服した地域から連れてくればいいだけの話だ。

もしくは外交上のやり取りをした上で、条件を定めて嫁をもらえばいい。

他国との繋《つな》がりを持ちたくない可能性もあった。その場合、いまいる奴隷に教育を施せばよいだろう。品格は生まれ持った資質ではなく、学びによって身につけるものだ。

──どういうことかしら。

〝手持ち〟の駒でどうにかしようとして、確実な方法を採らないでいるなんて。

芯から〝奴隷《どれい》は使い捨てるもの〟だという考えが染みついているのかもしれないが、やけに急いでいる印象を受けた。なにを焦っているのだろう。

──思えば、出会った時からそうだったわね。

一貫して、私に他の奴隷との違いを求めている。

いったん横に置いておいた疑問が、再びムクムクと湧き上がってきた。

——この人は、どうして私を選んだのだろう？

「不安か？」

ハッとして顔を上げれば、母后と視線が交わった。

「おかしな話だ。貴人として教育を受けてきたお前なら、アレと違って賓客のもてなしなぞ造作もない。勝てる勝負だろうに」

目尻に皺《しわ》が寄る。にこやかに笑んでいるのに瞳は凪《な》いでいた。

「期待している。結果を出しなさい」

淡々と告げられて胸が苦しくなる。

母后のために買い上げられた私に、拒否権はないと言わんばかりじゃないか。

わずかに視線をさまよわせる。延々と考え続けていた疑問をぶつけた。

「どうして私なのですか？　期待とは……なにを指しているんです」

母后はゆるゆるとまぶたを伏せた。自嘲気味に口《くち》の端《は》をつり上げる。

まるで温度のなかった表情に、ほんの少し温《ぬく》もりが戻ったような気がした。

「アスィールが政治の表舞台に立つと言い出した。息子は幾千万もの民の頂点に立つ覚悟を決めたのだ。あれは、兄と同じく民への慈愛にあふれた子。近いうちに言い出すとは思っていたが、ようやく腰を上げた。いまこそ、そばで支えてやれる人間が必要だ」

そっと息をもらして、まぶたを開いた。

瞳には、わずかに憧憬に似た色がにじんでいる。

「ライラー。寵姫《ちょうき》としてアスィールの横に並び立ち、支えなさい。まっとうな教育を受けてきたお前なら――わたくしやあの女と同じ失敗はすまい」

「……失敗？」

首を傾《かし》げた。続けて問いかけようとするが、母后は席を立ってしまう。

「待ってください！」

思わず引き留め、必死に訴えかけた。

「失敗とはなんですか。事情を説明してください。アスィール様を支えろと言うなら、私も理解しておくべきでしょう？」

「…………」

立ち尽くしている母后はどこか不機嫌そうだ。

ふと、海の藻屑《もくず》は嫌だと泣き叫ぶ女中《カルファ》の姿が脳裏を過《よぎ》った。

ここで機嫌を損ねたら――

背中を冷たい汗が伝う。

だが、確かめずにはいられなかった。

「お願いします」

「——仕方あるまい」

そっと息をもらした母后は、忠実なる僕をみやった。カマールがうなずきを返す。

席へ戻った母后は、ぽつりぽつりと語り出した。

「わたくしは息子を——アスィールを、兄のようにしたくはないのだ。だから、適当な能力を持った奴隷を仕入れた。……お前だ」

こくりと唾を飲み込んだ。

母后の前には、手つかずのまま冷めてしまった珈琲《コーヒー》が取り残されている。

＊

アスィールの兄はイブラヒムだ。

若人王。ダリル帝国史上、初めて民に弑逆《しいぎゃく》された皇帝《スルタン》である。

「己の正義を貫いた方だったと、アスィール様よりうかがっています」

母后は苦く笑った。

「物は言いようだの。あの子は多少……いや、多分に正義に偏りすぎたのだ」

少し遠い目をして、ぽつりぽつりといなくなった息子の話を始める。

「イブラヒムは、人一倍、民を思う心を持っていた。いつかは伝説の王……立法者スルタン・スレイマン一世のようになるのだと、夢を語るくらいにはな。けっして、民に恨まれるような人間ではなかった。……最初のうちは」

イブラヒムが帝位を継いだのは、わずか六歳の頃。先々帝《せんせんてい》が急逝したため、当時は母后と大宰相が執務を務めていた。その間も勤勉に過ごしていたという。アスィールとの兄弟仲もよく、互いに切磋琢磨《せっさたくま》して国をよくしていこうという気概があった。

「十六になった年、あの子が国の舵取《かじと》りを任せてほしいと言い出した。もちろん、願いを聞き届けたさ。皇帝の子として生まれ落ちた時からの宿命だ。拒む理由もない。……初めてあの子が皇帝として指揮を執った時は、万感胸に迫る想《おも》いであった」

「……嬉《うれ》しかったでしょうね」

「ああ」

母后が柔らかく笑んでいる。語り口には、息子への抑えきれない愛情がにじんでいた。

「さっそくイブラヒムは改革を始めた。最初は上手《うま》くいっていたのだ。アスィールとの関係もよかった。相談役とするため、鳥籠《カフェス》にも入れずにそばに置いてな。兄弟ふたりで正しく国を導こうと努力する様は好ましくも思えた。――だが」

苦しげに眉をひそめる。母后はそっと息をもらした。

「あの子は、少しずつ暴走していった」

すべての始まりは珈琲禁止令だ。

もともと、珈琲は一神教の教えに反した品だった。あまりにも人気だったため、歴代のスルタンは黙認していたのだ。が、正義感が強いイブラヒムは珈琲の存在が許せなかった。一神教信徒として正しくあろうと禁止を決める。それだけじゃない。社交場として親しまれていた珈琲店が、謀反を企てる輩《やから》の巣窟になりつつあったという。

禁止令が施行されると、表向き珈琲店は姿を消した。だが――違反者は一向に減らなかったそうだ。おおぜいが珈琲を隠れて楽しみ、裏では高値で取り引きされていたという。

その事実が、若き皇帝の心に火を点《つ》けてしまった。

「……あの子は、よなよな供を引きつれて市中を徘徊《はいかい》するようになった」

禁止令が浸透しない現状に業を煮やし、みずから取り締まろうとした。

すべては国の秩序を守るため。民のためだと言って。

「イブラヒムは、隠れて珈琲を嗜《たしな》む市民を見つけて手にかけた。鞭《むち》で打ち、抵抗する者は殺して、死体は見せしめに放置した。遺体をかたづけようとする人間も罰したのだ」

「……ひどい。そこまで執拗《しつよう》に取り締まる必要はあったのですか」

「おそらくない。そもそも、珈琲店が不埒《ふらち》な輩のたまり場という情報も定かではなかった。だのに、正義に取《と》り憑《つ》かれたイブラヒムは……」

みずからの手を血で汚した。

苦々しい表情で語った母后は、そっと息をもらした。

「あの頃のイブラヒムは様子がおかしかった。帝国に栄光を取り戻すためには、己に逆らわない人間だけが必要なのだと——そう、思っている節すらあったのだ」

市中は荒れに荒れたという。いつ何時、血にまみれた皇帝が姿を見せるかわからない。相手は時の最高権力者。誰も逆らえやしない。彼こそが法そのものだったからだ。

「誰も止めなかったのですか？」

「もちろん止めたが、誰の話にも耳を貸そうとしなかった！　アスィールの話でさえだ。いつしか弟の存在を厭《いと》ったイブラヒムは、あらぬ罪を被《かぶ》せ鳥籠に幽閉してしまった」

「……アスィール様を？」

「そうだ。弟の不在を機に暴走はますます激しくなっていった」

悔しげに口を引き結び、両手を組み合わせる。

母后の手は小刻みに震えていた。

「当時は生きた心地がしなかった。民から何通もの嘆願書が寄せられ……日に日に不満が膨れ上がっていくのを肌で感じていた。……息子も情勢があやしいことくらい理解していたようだが、暴虐の限りを尽くすのをやめなかった。裏で焚《た》きつけている連中がいたようだ。禁止された嗜好品《しこうひん》を高値で売りさばき、利権を得ようとしようとする輩が」

――イブラヒム様は利用されていたのか。

眉をひそめていると、母后がそっと私の名を呼んだ。

「ライラー」

「は、はい」

じっと見つめられて、思わず身をすくめる。

母后はひどく疲れたような顔をして、私に訊《たず》ねた。

「親しい人の首級を抱いた経験はあるか？」

「え……？」

問いの意味が理解できずにいると、母后は次々と質問を投げた。

「虚《うつ》ろになった子の瞳に唇を落としたことは？　体温を失った首級に声をかけ続けたことはあるか。じょじょに腐りゆく我が子と夜を過ごしたことは――」

指輪で飾られた手で顔を覆った母后は、ひどくかすれた声で言った。

「ある日、限界を超えた民はイブラヒムにイェニチェリをけしかけた。あの子はイェニチェリの改革にも乗り出していたからな。解体の危機に怯《おび》えた奴らは、嬉々《きき》として主君を襲った。目的を果たした暴徒どもは、わたくしのもとへ息子の首級を持ってきたのだ。子の罪は母の罪だと。次は——アスィールの世では、ぜったいに間違うなと……」

「ファジュル様……」

うずくまって震えている母后に、カマールが寄りそっている。

「よい」

背中に添えられた手を邪険に払った母后は、青白い顔を上げて言った。

「あの子が死んだのはわたくしのせいだ」

あまりにも追い詰められた様子に、すぐさまかぶりを振った。

「ぜったいに違います。誰の意見も聞かずに暴走した本人と、不利益があると知りながら、欲に駆られてそそのかした連中の責任ではありませんか」

「いいや。わたくしのせいで間違いない」

ゆっくりと息を整えた母后は、淡々と語りを再開した。

「イブラヒムには子をなした夫人《カドゥン》がいた。穏やかな性格で、誰にも好かれる奴隷であった。あの子もとても気に入っていてな。夫人の言葉には素直に耳を傾けていた」

「暴走した時も？」

「そうだ。夫人にあの子を諌《いさ》めてほしいと依頼した。結果は見てのとおりだ。さすがの夫人の声も、正義に燃えた我が子の耳には届かなかったと思っていたのだが……」

母后の表情が険しくなっていく。忌々しげに言った。

「すべてが終わった後に知った。あの女はイブラヒムを止めもしなかったという。逆に、好きにしろ、正しい行いだと焚きつけたそうだ！　もちろん問い詰めた。なにを考えているのかと憤るわたくしに、夫人はこう言ったのだ――」

『私は奴隷です。難しい話はなにもわかりません』

ひく、と母后の口もとが歪《ゆが》んだ。

「耳を疑ったわ。夫人まで上り詰めておきながら、あやつはなにひとつとして政に興味を示さなかった。ただ、のうのうとハレムで贅沢《ぜいたく》を満喫していただけ……。あの女が真摯に訴えていたら、イブラヒムは心を入れ替えたかもしれないのに！　おかしな話だろう？　わたくしが夫人になった時は、夫に尽くそうと懸命に学んだものだがな。……あやつはそうではなかったらしい。芯まで奴隷根性が染みついていたのだ」

ククッと肩を揺らして笑う。

潮が引くように笑いを収めた母后は、真顔で言った。

「あの女をイブラヒムに宛がったのはわたくしだ。まさか、己の判断が間違っていたなどと、真実を知るまで疑いもしなかった！　だから、これはわたくしの罪だ」

勢いよく立ち上がる。上着《カフタン》をひるがえし、母后は私に言った。

「アスィールに同じ轍《てつ》を踏ませるわけにいかぬ。ライラー、わたくしの期待に応えよ。子を産め。あの子をそばで支えよ。帝国に骨を埋める覚悟を決めろ」

ジロリと睥睨《へいげい》して続ける。

「初日以来、肌を重ねておらぬようではないか。ふたりで市中へ出てみたり、政について語り合ったり。ずいぶん仲睦《なかむつ》まじいようだが……本来の目的を忘れるでないぞ」

「……ッ！」

私たちの行動はすべて筒抜けだった。ひやりと冷たいものが背中を伝う。

なにも言えずに硬直している私に、母后は淡々と述べた。

「己の役目を果たせ。お前には、アスィールと子を成す未来しかないのだ。四の五の言わずに役に立て。〝無駄な希望〟は捨てよ」

「――無駄な希望？」

あんまりだ。

自分の都合で人を連れてきた癖に……！

私は奴隷だ。けれど、心まで売り渡したつもりはない！

「どうしてです。それほど焦る理由がわかりません」

まっすぐ母后を見据え、毅然《きぜん》とした態度で言い返した。

「そもそも、アスィール様が兄王のようになるとは限らないではありませんか！　あのお方はとても理知的で、己を律する術《すべ》もご存知のはずでしょう!?」

必死に訴えると、母后は瞳に憐憫《れんびん》をにじませた。

「馬鹿め。アスィールが賢王となるか愚王となるか……誰にもわからぬ。思い返してみよ。あの子《イブラヒム》が暴君に成り果てるなどと、誰が予想したと思う？」

大きすぎる力を持った時、人は知らず知らずのうちに変わってしまう。

権力をふるって他者を貶《おとし》めるのに抵抗がなくなり、やがて――破滅の道へと進む。

「…………」

なにも言い返せない。

頭の片隅で『平家物語《へいけものがたり》』の調べが鳴っていた。

＊

ようやく理解できた。

あの人は〝為政者の妻〟として仕事ができる人間を求めている。

だから連れてきたのだ。武家の妻となるべく教養を叩《たた》き込《こ》まれた私を。

「なにが無駄な希望を捨てろよ！」

ムシャクシャしていた。

母后の間から辞した後、苛立《いらだ》ち任せに乱暴な足取りで進む。

無自覚に親指の爪を噛《か》んだ。脳内では、先ほど聞いた話がグルグル回っている。

――そもそも、奴隷しか囲っていない現状が異常なのよ。

以前、デュッリーが教えてくれた。

帝国のハレムに、他国の貴種がいた時代も過去にはあったらしい。

ハレムの人員がすべて奴隷になったのは百年ほど前だ。

伝説と謳《うた》われる王の時代以前は、近隣諸国の王侯貴族の姫君を受け入れていた。

だが、ダリル帝国の繁栄が進み、周辺国一帯を支配し終わった時、他国へおもねる必要がなくなってしまった。となれば、他国からの輿入《こしい》れはやっかいごと以外の何物でもない。

結局は血を繋《つな》げればいいのだ。やがて奴隷を宛がう形へと変わっていった……。

スルタンの権威が強大だった時代は問題なかったそうだ。政は内廷や外廷《ビルン》で完結し、奴隷は子を成すだけでよかった。外の問題がハレムに持ち込まれることはない。

だが、時代は移り変わり、長子以外皆殺しの慣例は廃され、鳥籠に代わりを囲っておくようになった。唯一無二でなくなったスルタンの権威は揺らぎ、容易に民の〝意思〟が為政者の喉もとまで届くようになっている。

ひとつの時代が終わり、新たな時代が始まろうとしていた。

女奴隷に求められる役目も変わりつつある。子を産むだけではすまない。隣に並び立ち、王を支える必要に駆られている。場合によっては、ファジュルのようにみずから政治の差配を振るう可能性だってあった。ただの奴隷には務まらない。

「ライラー」

ふと名を呼ばれた。廊下の向こうにヤーサミーナが待ち構えている。

柱にもたれかかり、銀髪を風になびかせて不敵に笑っていた。

「なにか御用でしょうか」

一定距離を保って問いかければ、意外なほど晴れやかな笑みを向けられた。

「話がしたかっただけよ。それにしても、驚いたわね！　競えだなんて……。ほんと、無茶振りは困るわよね」

珍しく取り巻きを連れていない彼女は、どこかふてぶてしい様子で続けた。

「でも、母后がおっしゃるんだもの。勝負を受けるしかないでしょう。こっちはもう、ハレムで最も優秀な珈琲役頭《カフヴェジ・ウスタ》を押さえたわ。出入りの商人にも、最高級の豆を仕入れるように声をかけた。衣装や菓子だって、最も優れた品を用意するつもり」

ひた、と私を見据え、ヤーサミーナは自信たっぷりに言い放った。

「ハレムに来たばかりのあなたと違って、最先端の流行に関してはこちらに分があるわ！　負けないいんだから。覚悟なさい、品性の欠片《かけら》もないあなたをアジェミに堕《お》としてあげる。母后になるのはわたしなの」

やる気満々である。

母后になりたいとあれほど息巻いていたのだ。願ってもない機会なのだろう……。

——そうだ。

ヤーサミーナを見ていて気づいた。

なにも、スルタンの隣に立つのは私じゃなくていいじゃないか！

同じ奴隷である以上、能力さえあれば誰でもいいはずだった。

——骨を埋めるなんてまっぴら。私はいつか故郷に帰るんだから。

政に関与するのは構わなかった。アスィールの腹心としてアレコレ考えるのは楽しい。

だが、中途半端な気持ちでは為政者の〝妻役〟は務まるはずもない。

どうしても気が進まなかった。できれば、他人に振りたい役割だ。

——ヤーサミーナもそれなりの覚悟があるはずよ。

とはいえ……不安はあった。

彼女の振るまいは、上に立つ者としてけっして褒められたものではなかったからだ。

——確かめてみよう。

こくりと唾を飲み込んだ。

「あの、ひとつ訊《たず》ねてもいいでしょうか。母后になった暁には、国をどういう風にしていきたいとお考えですか？」

彼女の描く未来図が希望にあふれるものであってほしい。

希《こいねが》うように問いを投げかけた。ヤーサミーナはキョトンとしている。

「え？　どういう意味？」

「ですから！　母后になれば、少なからず政治に関わっていくでしょう？　スルタンと国の将来を語らう機会だってあるはず。けっして傍観者じゃいられません。なので、今後どうしたいのかを聞きたいのですが」

必死に訴えかける私に、ヤーサミーナはフフンと鼻で笑った。

「……いやだわ。なにを言い出すのかと思ったら」

さらりと銀髪をかき上げる。軽薄な笑みを浮かべて断言した。

「勘違いしないで。政治がしたいから母后になりたいんじゃない、贅沢《ぜいたく》な暮らしがしたいから目指しているの！」

ぎしりと胸が軋《きし》んだ。嫌な予感が的中して背中に冷たい汗が伝った。

「……本気、ですか？」

そろそろと質問を重ねた私に、彼女はクスクス笑っている。

「考えてもみて。母后になったら、莫大《ばくだい》な予算を好きなように扱えるのよ？　邪魔者も指先ひとつで排除できる。ハレムの女たちを全員かしずかせることだって！　すべてを思いのままにできる絶対的な権力。これ以上に魅力的なものってあるのかしら……！」

「な、なにを言っているのよ。贅沢な暮らしがすべてじゃないでしょう!? ほ、ほら、考えてみて。民草のため、暮らしをよくしたいとか——少しくらいはあるわよね!?」

動揺のあまり言葉が乱れている。

慌てて問いただす私に、ヤーサミーナは侮蔑の色を浮かべた。

「ないわ。あるわけないじゃない」

嘲笑を浮かべ、さも当然のように言った。

「ここに来るまで、さんざんな生活を送ってきたの。ハレムに入れたのも、母后の目に留まったのも、すべて日頃の行いがよかったからだわ。母后の座も神様がくれたご褒美。思うぞんぶん楽しむだけ。民なんて関係ないわ。そうよ——」

にこり。ヤーサミーナは無邪気に笑った。

「わたしさえよければ、国がどうなったっていい」

——ああ。為政者側に立たせたらいけない人間だ。

さあっと血の気が引いていった。

目の前の人間がまるで理解できなくて、思わず後ずさる。

怖かった。なにも責任を背負うつもりがなく、民の生活を守る意味すらわかろうとしない。散財はいずれ火の粉となって己に降りかかってくるのに……まるで想像ができない。

そんな人間が、権力を手にできそうな位置にいる。

震えが止まらなかった。別次元の生き物を相手にしている気分だ。

——若人王の夫人もこうだったのかしら。

だとしたら、母后が絶望した気持ちも理解できた。

為政者になるべく教育された者と、そうでない者。

——ここまで違うのか。

決定的な違いは——意識だ。

「ともかく、負けるつもりはありませんからね！」

ヤーサミーナが颯爽《さっそう》と立ち去っていく。宣戦布告が成功したと満足したのだろう。こちらの心境とは裏腹に、やけに足取りが軽かった。

「ライラー！」

すれ違うようにデュッリーがやってきた。青白い顔をしている私に寄りそう。

「話は聞いたわ。大丈夫？　大変だったわね。ひどい顔色をしてるわよ」

親身になって心配してくれる姿に泣きたくなった。

温かい。血の通った人間にようやく出会えたような安心感がある。

「……デュッリー。お願いがあるの」

「なに？　なんでも言って」

「スルタンに会いたいの。たぶんカマールに言えばなんとかしてくれる」

デュッリーが目を丸くしている。

普段の私ならぜったいに口にしない話だから当然だろう。

「わかった。行ってくる。時間までゆっくりしていて」

優しい声色で言うと、ぽん、ぽんと背を軽く叩いた。

——いつもだったら、体を磨かなくちゃと張り切るはずなのに……。

「……ありがとう」

気遣ってくれたのだ。

優しさが沁《し》みて、ようやく絞り出した声はわずかに震えていた。

＊

その日の夜。

寝室で私を迎えるなり、アスィールは困り顔になった。

「すべてカマールから聞いたぞ。やっかいな話になったな」

盆の上には、いつもどおりに酒と肴《さかな》、果物が用意されていた。ランプが黄みがかった明かりを放っている。熟れた葡萄《ぶどう》の匂いに誘われてか、ぷうんと羽虫が飛んでいた。褥《しとね》の上に落ちる影を見つめながら、ぽつりとこぼす。

「別にやっかいだとは思っていません。母后の立場からすれば、できるかぎり優秀な奴隷をスルタンのそばに置きたいでしょうから」

沈んだ表情のままの私に、アスィールは怪訝《けげん》さを隠そうともしない。

「反発したいのに、相手の気持ちが理解できるのがもどかしいのか」

心中を言い当てられて、ピクリと肩を揺らした。ぎこちなく視線を向けると、葡萄酒を口に含んだアスィールはゆるりと目を細めている。

「そういう風に考えられるお前は、本当に――」

「言わないで」

アスィールの言うとおりだった。事情は理解できる。だからこそ懊悩《おうのう》せざるを得ない。

私に〝為政者の妻〟としての役目を求められても困るのだ。自由になるためにハレムに来た。故郷に帰るための手段も、必要な金銭も持ち合わせていないから、渋々ここにいる。

ダリル帝国に骨を埋める覚悟なんてちっともない。

そもそも〝為政者の妻〟として動くなら、相応の覚悟と決意が必要だった。

たとえば、そう――

民のために己のすべてを捧《ささ》げる覚悟。

最期の瞬間まで、国のために命を燃やし尽くす決意。

郷土を守りたい。純粋な気持ちから生まれる情熱だ。

――でも、ここは違う。私がいるべき場所じゃない。

無理矢理連れてこられた土地だ。なんの思い入れもない。

献身的に尽くせと言われても違和感があった。強制以外の何物でもないじゃないか。

「すまない」

難しい顔で黙りこくってしまった私に、アスィールが申し訳なさそうに言った。

「もともとお前には関係のない話だ。母上は過保護でな。どうせ、俺が兄上の二の舞にならないか心配しているのだろう」

居心地悪そうに頬を掻《か》く。酒杯に視線を落として言った。

「そもそも、俺が同じ轍《てつ》を踏まなければすむ話だ」

胸が苦しくなった。なにを言っているのだろう。自分だってわかっているだろうに。

「ご自身がぜったいに変わらないと断言できますか」

確認するように問いかける。

アスィールは黙したまま杯を空にした。

「――さあな」

ぽつりとこぼした声には、苦々しい感情がにじんでいる。

血の繋《つな》がった兄弟が豹変《ひょうへん》した様をありありと見てきたからこそ、自分は違うと断言しきれない。権力の恐ろしさを誰よりも実感しているからだ。

「悪い」

謝罪を口にしたアスィールに、ため息をこぼした。

「前にも言ったでしょう。最高権力者なんですから、簡単に謝ったらいけません」

苦く笑う。こういう素直な部分は人として好ましく思った。

「実は、そんなに違和感がないんですよ」

「求められている役割に？」

「ええ。だって、私が昔から期待されていた役割なんですもの」

奴隷にならなかったら、いまごろは他家に嫁いでいたはずだ。

そのために努力を重ねてきた。母のように夫を支える。人生の目標だった。

想定と違うのは、故郷が滅ぼされているか否か、愛すべき家族が生きているか否かだ。

「ようは気持ち次第です。やろうと思えばやれる。でも……」

じわりと視界がにじんだ。

どうしようもなく心細くなって、思わず自分で自分を抱きしめた。

「私はもう一度、故郷の土を踏みたい」

涙腺が恐ろしいほど熱を持っている。ポロポロと透明なしずくがこぼれ落ちた。ぜったいにアスィールの前で泣かないと決めていたのに、感情があふれて仕方がない。

故郷にいた頃と同じ役割を求められて思い知る。

二度と、なりたかった自分にはなれないのだと。

嫁ぎ先で苦労しないようにと、いろいろと気を配ってくれた両親に申し訳ない。

——お父上、お母上。

私は、いまでもふたりの自慢の娘でしょうか。

「ライラー」

「きゃっ……」

ふいに強く抱きしめられた。

硬い感触。布越しに熱い体温が伝わってきた。他人の汗の匂いがする。

「え、あ……アスィール様……!?」

動揺して声が震えた。わけもわからず視線をさまよわせていると、私の背中に手を回したアスィールは、はっきりとした口調で言った。

「すべては母上が勝手に言い出したことだ。お前が気に病む必要はない。皇帝は俺だ。嫌なら勝負を断ればいいし、たとえ母上が罰しようとしても止めてやる」

「…………」

「お前はいまのままでいい。自由になりたいんだろう？　故郷に戻りたいんだろう？」

そっと吐息をもらす。アスィールは寂しげに言った。

「巻き込んですまなかった」

にじんでいたのは、隠しきれない悔恨。

奴隷から生まれ、奴隷に囲まれて過ごしてきたアスィール。彼の生活に奴隷は欠かせない存在であり、他人を売買する行為に疑問を抱いた経験もなかっただろう。

だが、彼は謝罪を口にした。

私との出会いで、奴隷に対する意識が変わったのだろうか。

スン、と洟《はな》をすすって、アスィールの肩に頭を預けた。

「自覚がおありだったんですね」

「それくらいの分別はある」

「そうですか」

話しているうちに自然と笑みがこぼれた。

「ただの奴隷に、こんなに気を遣うなんて。アスィール様はお優しすぎます。重大な決断を迫られた時、為政者として非情になれるか心配ですね」

「うっ……。大丈夫だ、たぶん」

「そうでしょうか？」

不安である。思わずクスクス笑ってしまった。

「ファジュル様がおっしゃるとおり、誰かが支えてあげるべきかもしれませんね」

しばし黙した後、アスィールはぽつりと言った。

「お前がいい」

「……………」

あえて口を閉ざした。

いまの私は答えを持ち合わせていない。

＊

――やっと落ち着けた。

気がつけば涙が引っ込んでいる。衝撃的な展開が続いたせいで感情的になっていたようだ。アスィールのおかげで冷静さを取り戻せた。

ちらと、自分を抱きしめたままの男を意識する。

変な感じだった。正式に妻になったわけでもない。出会ってからさほど経《た》っていない相手だというのに、肌を合わせていてもまるで違和感がない。

――なんなのかしら。むしろ居心地がいいくらい。

ダリル帝国皇帝アスィール。本当に不思議な男だった。

つらつらと考えているうちに、あることを思い出した。

――ヤーサミーナとの勝負をおりたら、どうなってしまうのだろう？

アスィールがいる。母后から罰せられたりはしないのだろうが……。

「このままだと、ヤーサミーナ様がアスィール様を独占することになるのかしら」

ぽつりとつぶやいた言葉に、アスィールがギョッと目を剝《む》いた。

「なんの話だ」

「勝負の話が出た時に、そういう褒美を約束していたんです。最初の子を孕《はら》む栄誉……となんとか言って」

「嘘《うそ》だろう。俺はアイツを抱くつもりはないぞ」

「でも、やたら自信がありそうでした。あの母后ですからね。食事に媚薬《びやく》でも盛るつもりでしょうか」

アスィールからさあっと血の気が引いていく。

ぐったりと私の肩に頭を預け、息も絶え絶えに言った。

「……それだけはごめん被《こうむ》りたい」

「確かに」

クスクス笑って思案に暮れる。

「不思議ですよね。どうして母后はヤーサミーナを推すんでしょうか。彼女が求める理想と正反対。むしろ、憎むべき先帝夫人寄りの価値観なのに」

「……そうなのか？」

アスィールは意外そうに首を傾《かし》げた。

「勤勉で政治にも興味があると聞いていたが」

「正直、耳を疑うのですが。……もしかして、猫を被《かぶ》っているのでしょうか」

「かもしれん。奴にとって人生の一大事だろうしな。そりゃあ必死にもなる」

ある意味、恐ろしい人だ。

母后になるために自分を偽るのも厭《いと》わない。清々《すがすが》しいほど徹底している。

「……つまり、私が勝負からおりれば、ヤーサミーナが母后の座に近づく」

怖気《おぞけ》が走って、全身が粟立《あわだ》った。

現皇帝であるアスィールが愚行に走るとは限らないが、可能性は捨てきれなかった。

いざという時、ヤーサミーナはなんの抑止力にもならないだろう。

むしろ、贅沢《ぜいたく》のためならどんな悪政も喜び勇んで推奨しそうな気配すらある。

最悪の事態になれば、被害を被るのは他でもない、民だった。

——どうしよう。

今後も、ヤーサミーナはなにがなんでも母后の座を手に入れようと画策するはずだ。

アレは人の上に立たせてはいけない生き物である。なんとしても止めるべき。

今回はいい機会かもしれない。

上手《うま》くやれば、母后が彼女の資質に疑問を抱くきっかけになる。

止められるのは――私だけだ。

「ああもうっ!!」

「ライラー?」

アスィールをジロリと睨《にら》みつけた。

「ぶっ!」

両手で頬を挟み込む。タコみたいな顔になったアスィールに低い声で言った。

「仕方ありませんね。今回だけですよ!」

「な、なんの話だ……」

「受けてやろうって言ってるんです。母后が持ちかけてきた勝負をね!」

「……!」

アスィールの顔が輝いた。頬を染めて喜色を浮かべている。

「帝国に骨を埋める覚悟ができたってことか? 俺としては大歓迎だが!」

「ちーがーうー!!」

指先で、にょいんと頬を伸ばしてやる。

目を白黒させているアスィールに、悪戯《いたずら》っぽく笑んで続けた。

「すべては民草のためです。一宿一飯の恩義って言うでしょう。いまの暮らしは、彼等《かれら》からもらったお金で成り立っています。少しくらいは返さないと」

勢いよく手を離す。アスィールは涙目で頬をさすっていた。

「それでどうするんだ？　相手と同じことをしても仕方がない。母上を納得させる手段を見つけないと――」

くすりと笑って、アスィールの頬をするすると撫《な》でた。

「なっ……」

「心配なさらずとも大丈夫。アスィール様さえ許可をくだされば間違いありません」

なぜか赤らんでいる耳もとにそっと顔を寄せて――

「実はですね……」

今回は気兼ねなくおねだりをしたのだった。

覚悟は決まった。

打倒ヤーサミーナ。ファジュルおもてなし作戦の開始である。

＊

それから十日後——

母后ファジュルが指定した勝負の日は、雲ひとつない青天だった。

窓辺の手すりに寄りかかったヤーサミーナは、物憂げに外を眺めている。

悠々と一羽《わ》の鷹《たか》が飛んでいた。なににも縛られず、大きな羽を広げて飛ぶ様は悠然としていて、青い空を切り裂くように駆け抜ける様子は見惚《みと》れるほど美しい。

鷹は自由だ。ヤーサミーナにはぜったいに得られない自由を持っている。

ちくりと胸が痛む。思わず眉をよせていると、ふいに鷹が急降下していった。獲物を見つけたにしては不自然な動きだ。鷹匠《たかじょう》にでも呼ばれたのだろうか。

「けっきょく、あの子も囚《とら》われの身なのね」

真実に気がつくと、ヤーサミーナの心は晴れていった。

そうだ。自由なんてそう簡単に手に入るものではない。たとえ自身を囲う檻《おり》や、重い足枷《かせ》がなくとも、大なり小なり、みな不自由な思いをして暮らしている。

ならば、制限されている中で最大限の幸福を摑《つか》む努力をすればいい。

——そう、わたしのように。

「支度が調いましてございます」

側付《そばつ》きがうやうやしく頭《こうべ》を垂れた。ちらりと室内をみやる。

自室にはさまざまな品が持ち込まれていた。すべて厳選した品々だ。また、おおぜいの人々が身なりを整えて控えていた。誰も彼もが優秀な人物ばかり。準備は万端だった。

——勝ちは決まったようなものね。

ほくそ笑んだヤーサミーナに、衣を手にした女中が近寄ってきた。

「お召し替えを」

「わかったわ。ねえ、ライラーたちの様子は？」

「かなり準備に手間取っているようです。毎日のようにお付きの女中があちこち駆け回っておりました」

デュッリーとかいう生意気な女だ。いけ好かない。近い未来、ハレムの支配者になるはずのヤーサミーナに、恐れ知らずにも突っかかってきた女中。

「人手も物資もなにもかもが足りないと、嘆いていたようですわ」

「当然ね。優秀な人材はすべてわたしが押さえておいたもの」

「出入りの商人にも手を回しておきましたからね。いい品は手に入らなかったかと。こうなったら、蛮族らしく裸踊りでもするしかないのでは？」

着替えをしながら、側付きとクスクス笑う。

向こうの陣営は、ろくに準備も整っていないに違いない。

ざまあみろ。胸がすく思いだった。

「アイツには、ぜったいに負けられない」

決意をこめてつぶやく。

ヤーサミーナはライラーが嫌いだ。初めて会った時から気にくわなかった。

日に焼けていないきめ細やかな肌。手入れが行き届いた髪。土いじりなんてしたことがなさそうな細い指。ツヤツヤした綺麗《きれい》な爪……。

ひとめ見た瞬間にわかった。コイツは支配階級に生まれた女だ。

野良仕事なんて縁がない。命を削って税を納める民草を踏みにじる側の人間。

ろくに話もしないうちから、心の底から嫌いになった。ヤーサミーナは僻地《へきち》にある農村の生まれだったからだ。一年のほとんどが雪に覆われている極寒の地。アレハンブルからはるか北の山奥に、彼女の故郷はあった。

痩せた土地で麦を作っていた。領主からの税は重く、いつだってお腹《なか》を空かせていた。

隙間風がぴゅうぴゅう吹き込む家に住み、藁《わら》のベッドで身を寄せ合って眠る。

ひとたび不作になれば、家族揃《そろ》って飢え死にしかねない。限界ギリギリの生活だった。

だから、いまの生活には満足している。故郷を懐かしむ気持ちもない。贅沢をさせてくれなかった両親を恨んでいたし、いつ死ぬかわからない底辺の生活は懲り懲りだった。

ここは天国だ。豪奢《ごうしゃ》な部屋、肌触りのいい衣服、じゅうぶんな食事……！

ヤーサミーナにとっての理想郷――

なにより美貌が武器になる。

上手くいけば、貧しい農民であった自分が頂点に君臨できるのだ。

ヤーサミーナは努力を重ねた。まるで興味のない書物を読みふけり、勤勉なふりをして、母后の目に留まるように努めた。初めてスルタンの寝室に行った時は、胸が張り裂けそうだった！　この男が、わたしに幸福を運んでくれるのだと信じてやまなかったのだ。

――なのに。なのにだ!!

ライラーが出てきたとたん、風向きが変わった。

このままではいけない。あんな女を母后にさせるわけにはいかなかった。

「ヤーサミーナ様、そろそろお時間でございます」

「わかったわ」

豪奢な衣装で着飾ったヤーサミーナは、しゃなりしゃなりと歩き出した。

あまりの美しさに女中たちからため息がこぼれる。

優雅さとは裏腹に、彼女の瞳の奥には轟々《ごうごう》と炎が燃えさかっていた。

――ライラー。覚悟しなさい。母后になるのはアンタじゃない。

「ダリル帝国の富を貪り尽くすのはわたしよ」

＊

母后ファジュル、皇帝アスィールの立ち会いのもと、勝負は始まった。

勝負の内容はいたって単純。

〝母后を賓客と想定して、スルタンの妻としてふさわしいもてなしをせよ〟

先攻はヤーサミーナだ。

彼女が茶会の場に選んだのは、母后の間だった。

「どうぞおくつろぎになって」

設《しつら》えられた席の中央に陣取ったヤーサミーナは、自分こそが主人と言わんばかりに堂々とした態度でいる。あれほど母后の座にこだわっていたのだ。一足先に念願叶《かな》った状況に浮かれている様子だった。

準備も抜かりない。茶会のためにヤーサミーナが用意した品々は人々の感心を呼んだ。

「素晴らしい刺繍《ししゅう》だわ。西洋風なのね！」

母后付き女中《ヴァリデ・ウスタ》の視線は、ヤーサミーナのまとっている衣装に釘《くぎ》づけだった。

馴染《なじ》みがある繻子《しゅす》ではなく、わざわざ他国から取り寄せた生地で衣装を仕立てている。

絹地に大ぶりの花柄模様。見たこともない花々が大胆にあしらわれていた。色使いはダリル帝国のものに比べて鮮やかで、パッと目を引く華やかさがある。

「近ごろ、西欧各国では絹地のドレスが流行しているそうですよ。ごらんになって。すごく艶があって綺麗」

「本当に！　図案も画期的ですわね。薔薇《ばら》ですか。チューリップ《ラーレ》とは違う華やかさ！」

「帝国にはない感性ですわよね。それに、ほらこのヴェール……」

「絹糸で模様を作っているのですね！　これが噂《うわさ》のレースという……？」

「そう。砂糖菓子のようで素敵でしょう？　ベネツィアンレースと呼ばれているんですって。さすが帝国の御用商人。なんでも手に入れられるんですのね」

ヤーサミーナがコロコロ笑った。隣にいたアスィールにしなだれかかる。

「素敵でしょう？　ハレム内でも流行すると思うのですが……」

「あ、ああ……」

アスィールは曖昧に返事をにごした。茶会に集まった人々は、彼女の装いを目にするたびにほうっと熱い息をもらしている。それだけ革新的だった。すべてが新しい。身につけてみたいという声すら聞こえる。

「……正直、下品ではないですかね」

デュッリーが不満げに唇を尖《とが》らせている。「そうね」と、思わず笑ってしまった。

確かに、伝統的に親しまれている衣装よりかは胸元が大胆に開いている。

——問題は、これを母后がどう判断するかだけれど……。

最も眺めのいい席に案内されたファジュルは、黙したまま状況を静観していた。

ちらりと母后の様子をうかがったヤーサミーナは、パン！と両手を打つ。

「衣装ばかり注目されても困りますわ。私のもてなしはこれからなのですから」

にこりと微笑《ほほえ》んで、お付きの女中に視線を投げた。

とたん賑《にぎ》やかな音楽が聞こえてくる。誰もが表情を輝かせた。

「楽士だわ！」

派手な身なりをした女性たちが弦楽器を鳴らして入場してきた。西洋各国で親しまれているというヴァイオリンだ。弦を義爪《ぎそう》でつま弾くダリル帝国の音楽とは違い、弓で擦って奏でるから音に伸びがある。どことなく優雅な響きがあった。

「旅の演奏家を招きましたの。女性ばかり集めるのは苦労しましたわ」

にこやかに話す主人の裏では、女中たちが忙《せわ》しなく動いていた。

一糸乱れぬ動きで珈琲《コーヒー》を給仕する。ハレムが誇る珈琲役たちだ。淹《い》れたてが手早く配られ、辺りには珈琲のいい香りが満ちていく。もちろん、豆は最高級品のイェメン産。香り高い珈琲が注がれたのは大明国産《だいみんこくさん》磁器の茶碗《カップ》だ。

茶菓子だって抜かりない。最も人気を集めたのは、小麦粉にたっぷりバターを練り込み、乾果をまぶしたケーキ。〝クイーン〟の名を冠する西洋の焼き菓子は、甘さ控えめ、ふわふわしていて、口の中に入れた瞬間にほろりと解けた。

「そうでした。ファジュル様には特別な品もご用意したんですよ」

ヤーサミーナの指示によって運ばれてきたのは、山羊《やぎ》の乳を発酵させたものに香辛料を混ぜて、生地で包んで焼いた丸い菓子だ。

「……これは」

緑青色の瞳が揺れる。動揺をあらわにした母后の耳もとで、ヤーサミーナがささやいた。

「リクナラキア。あなた様の故郷の菓子です。懐かしいでしょう？」

母后は地中海の島出身だ。わざわざ彼女のために用意したらしい――

故郷の味は相手の心を緩ませる。私が派閥を作るのに利用した方法だった。

「ライラーの真似《まね》はよしてちょうだい！」

デュッリーがすかさず抗議した。顔を真っ赤にしてヤーサミーナを睨《にら》みつけている。

「なんの話かしら。相手の好みそうな品を準備しておいただけよ」

いけしゃあしゃあと言い放ち、ちらりと横目で私を見る。フンと鼻で笑った。

「どこかの誰かさんは、人気集めで利用したみたいだけど。本来なら、こういう場で活用されるべき発想だわ。もてなしの観点で言えば別に珍しくもない」

「……！」

デュッリーが鼻白むと、ヤーサミーナの女中たちからも野次が飛んだ。

「文句があるなら退席したらどう」

「もてなしの場に蛮族のお付きはいらないわ！」

あちこちから罵声が降ってくる。さすがのデュッリーも涙目になってしまった。

「大丈夫？」

そっと声をかければ、彼女は手を震わせて言った。

「すごく悔しくて。ううん、いちばん腹が立っているのはライラーのはずだわ！」

だから怒っていいのだと、デュッリーは熱く語っている。

——確かにそうなんだけど。

デュッリーの怒りは理解できた。実際、悔しく思う一面もあるが——

──ヤーサミーナのもてなしは想定内ね。

他国から仕入れた流行の最先端を行く品々、最高級品の珈琲、外国の菓子と楽士。

なるほど。これがハレムで初めて贅沢を知った人間の想像力の限界か。

ふと顔を上げれば、ヤーサミーナが私を挑戦的に見つめている。

「わたしのもてなしはいかが？　ライラーはどうするの。ファジュル様とお会いした時、極東の音楽を奏でたそうじゃない。楽しみにしているのよ。蛮族風おもてなし！」

ヤーサミーナのお付きたちから笑いがもれる。

程度の低い挑発だった。笑顔でかわす。

「そうですね。ヤーサミーナ様のご期待には添えないかもしれませんが、私なりのおもてなしをごらんにいれましょう」

音楽隊の曲調が変わった。ヤーサミーナの茶会は終盤に差し掛かっている。

母后は淡々と女中から給仕を受けていた。表情は凪《な》いでいて、なにを考えているのかまったく想像できない。私のもてなしが彼女にどう響くのか実に楽しみだ。

「ぜったいに後悔はさせません」

自信満々に告げた私に、ヤーサミーナは不満げに顔を歪《ゆが》めた。

＊

——さあ、次はこちらの番だ。

私は集まった人々に移動を願い出た。

移動先は——ハレム内ではない。バトラ宮殿内にある第四宮殿域だ。

「ハレムから出るなんて、どういうつもりなの！」

馬車の中でヤーサミーナがわめき散らしている。

窓はしっかり目張りされていて、外から見えないようになっていた。人払いはすませてあるが、万が一にでも女性たちが他の男性の目に留まったらいけない。

「勝負は〝スルタンの妻としてふさわしいもてなし〟のはずです。内容は各々の判断に任されているでしょう？　スルタンから許可も出ていますし。なにか文句でも？」

毅然《きぜん》とした態度で対応すると、ヤーサミーナがあからさまにたじろいだ。

「ファジュル様……」

助けを求めるかのように、母后に視線を投げる。

背筋を伸ばし、静かに着席していた彼女は淡々と述べた。

「過去に、スルタンが物見遊山へ女たちを連れ出した事例がある。ハレムの人間が、他の者の目に留まらなければ問題ない」

「そ、そうなんですか」

「いやあね。勉強不足なんじゃない？」

「なんですってえ!?」

すかさずデュッリーが茶化すと、ヤーサミーナは鬼のような目つきで睨みつけた。

ふたりがバチバチと火花が散らしているうちに、馬車が目的地に到着する。

「わあっ……！」

女中たちが歓声を上げた。馬を降りた先には絶景が待ち構えている。

第四宮殿域は崖の上に位置していて、ボスフォラス海峡を一望できた。

海から吹き付けてくる風が心地いい。豊かな自然。海面が波打つたびにキラキラとまばゆく光っている。海を挟んで巨大な都市が見えた。アレハンブルだ。市が賑わっているのがここからでもわかる。荘厳なモスクの屋根が存在を主張していた。これほどまで美しく整えられた町並みは他では見られない。ダリル帝国の繁栄を象徴しているようだ。

「こちらへどうぞ」

先頭に立って歩き出すと、異変に気づいたらしい人々が感嘆の声を上げた。

「チューリップ《ラーレ》が美しいわね……！」

「花盛りにはまだ早いはずなのに。つぼみがひとつもないわ」

「ありがとうございます。特別に、花園を整えさせました」

綺麗《きれい》に整備された庭では、多彩な花が人々の目を楽しませている。

植えられているのはすべてラーレだ。ひとつの球根から一本の茎と花しか咲かないラーレは一神教の信徒に神聖視されていて、刺繍や陶板模様の題材にも利用されている。

ラーレを逆から読むと一神教徒の神の名にもなり、帝国のシンボル、三日月を意味する言葉にもなる。まさにダリル帝国を象徴する花だ。

「これは楽園の光……なのか」

母后がぽつりとつぶやく。視線はひとつのラーレに注がれていた。花弁は短剣のように尖っていて、全体的にアーモンドのようにふっくらしている。

「はい。伝説の王――立法者スルタン・スレイマン一世の時代に開発された花です」

三大陸にまたがり過去最大の領土を獲得し、帝国の栄光を確固たるものにした王は、ラーレを特に愛したと言われている。〝楽園の光〟は、かの王のもとで活躍した一神教の指導者が作り出した種だ。

「アスィール様は、かつての王のように帝国に繁栄をもたらすと決意していらっしゃいます。ならば、もてなしの場を飾るにふさわしい花はこれだと考えました」

ハッとしたように、母后が視線を上げた。こくりとうなずきを返す。

「亡くなられた先帝も憧れていた王です。アスィール様は兄王様のぶんも努力すると」

「……そうか」

苦しげに眉を寄せる。それきり母后は黙りこくってしまった。

「ライラー。そろそろ着替えましょう。あとは私に任せて」

デュッリーが声をかけてきた。

ちょうどいい頃合いだろう。会場への案内を任せて衣装替えをする。

私が茶会の場として用意したのは東屋《あずまや》だ。

ソファ・キョシュク。

立方体の建物だ。壁に沿って綿入りの椅子が設置されている。壁のほとんどを窓が占めていて、とても開放的だ。金で縁取られた窓には天鵞絨《ビロード》の帳《とばり》が揺れていた。天井には見事な幾何学模様《アラベスク》が描かれているが、けっして華美ではなく落ち着いた雰囲気である。

キョシュクはもともとスルタンが余暇を過ごすために作られたが、先々帝《せんせんてい》により改装されて、いまは賓客をもてなすために使われているという。室内には〝楽園の光〟を飾ってあった。窓からも花園を眺められるから、まるで花畑の中にいる気分になれる。

「失礼いたします」

身支度を終え、しずしずとソファ・キョシュクへ入っていく。

すでに母后たちは着席していた。私の姿を見るなり誰もが驚きの表情を浮かべる。

「ライラー……あなた」

ヤーサミーナが戸惑っているのがわかる。仕舞いには蔑むような視線を向けた。

「本気なの？」

彼女の反応は当然だった。

私の恰好《かっこう》はヤーサミーナが用意した趣向とは正反対だったからだ。

身を包んでいるすべてがダリル帝国の〝伝統〟に則《のっと》っている。

ラーレ、柘榴《ざくろ》、小花などが刺繍《ししゅう》されたクリーム地の繻子《しゅす》製《せい》の上着。裏地は深紅に染めた絹だ。これまた赤い袴《シャルヴァル》は沓《くつ》と揃《そろ》いの金糸模様が描かれている。

髪は高く結い上げ、髪飾りでヴェールを留めた。ところどころ大粒の宝石をあしらい、豪華な作りはしているものの、ハレム暮らしに慣れた者からすればそう珍しくもない。

「……あらまあ」

誰かが間の抜けた声をこぼした。室内に冷めた空気が流れ始める。

しかし、母后のひとことでガラリと風向きが変わった。

「その上着。アスィールの正装と同じ生地であろう」

「えっ……。ス、スルタンの!?」

アスィールに視線が集まる。「間違いない」とうなずくと、誰もが顔を見合わせた。

「信じられない。自分の方が愛されていると主張したいわけ!?」

ヤーサミーナが不満の声を上げる。

確かにうぬぼれていると思われても仕方がなかった。

――だが、狙いはそこじゃない。

「いいえ」

正々堂々と前を向き、あえて静かな声色で告げる。

「愛情云々《うんぬん》は関係なく、スルタンの妻が身につけているという事実が重要なんです」

「…………。意味がわからないわ」

ヤーサミーナはなにやら難しい顔をしている。だが、母后は違った。

「なるほどな。ライラー。茶会を始めよ」

「はい」

肝心の相手には理解してもらえたようだ。

ホッとしつつデュッリーに合図を送る。女中たちが菓子や飲み物を運び入れ始めた。

用意したのは、菓子類だ。幾重にも生地を重ねて焼いたバクラヴァ。シロップが染み込ませてあり、嚙《か》むとザクッ。中からじゅわっと甘みが染み出してくる一品。

非常に手間がかかることから〝後悔を食べろ〟という名がついているピシュマニエ。ふわふわした食べられる〝雲〟。見た目は綿菓子に似ている。

その他に、ゴマのクッキーや砂糖に根菜の汁とナッツを混ぜて固めたロクム、季節の果物など、さまざまな品が並んだ。すべてダリル帝国で古くから親しまれてきた品だ。

配膳が終わるのを見計らって席に着く。楽士が音楽を奏で始めた。楽器はラヴタ。物悲しげな音色が室内に響く。ハレムに来てから、何度か耳にしたことのある旋律だ。

「……なんだか地味ね」

誰かがこぼした。

同意するように、席に着いた女中たちが顔を見合わせている。

――ああ、やっぱりそういう反応よね。

誰もが困惑を浮かべているのを、内心面白く思っていた。

「ねえ、ふざけているの？　どれだけ侮辱するつもり!!」

我慢しきれなかったのか、とうとうヤーサミーナが声を上げた。

近寄ってきた珈琲役《カフヴェジ》を威嚇して追い払い、ギロリと私を睨《にら》みつける。

「わたしなんか相手にならないってこと？　適当なもてなしでも勝てるって？　必死にな

って上等な品を揃えた私を、心の中で嗤《わら》っていたんでしょう！　ひどいわ」

「違います。誤解しないでください」

「だったらなんなのよ、この冴《さ》えない、古くさいもてなしは！」

――ああ、やはりヤーサミーナはなにも理解できていない。

暗澹《あんたん》たる気持ちになった。

私のもてなしの〝意味〟すらわからないなんて。

やはり、彼女に母后の地位は荷が重すぎる。

ため息をこぼしている間も、ヤーサミーナの罵倒は続いていた。

「信じられない。少しくらいは工夫したらどうなのよ!!」

「……工夫、ですか？」

首を傾《かし》げると、ヤーサミーナは鼻息も荒く言った。

「そうよ。相手の好みの品を用意するとか、最先端の品でもてなすとかね。洗練さが足りないのよ。芋くさい！　こんなもてなしをするくらいなら、故郷の踊りでも見せたらどう。蛮族っぽい奴ね。滑稽で楽しめそうだわ！」

「まあ！　ヤーサミーナ様ったら」

クスクスと笑いがもれる。

だが……確かに道理ではあった。

「では、蛮族らしいもてなしでもしましょうか」

「はっ？」

「ダリル帝国の文化におんぶに抱っこもどうかと思いますしね。デュッリー、例のものを用意してくれる？」

「わかったわ」

ポカンとしているヤーサミーナをよそに、デュッリーが向かったのは母后の席だ。

珈琲を下げる。新しい茶碗《ちゃわん》に急須《ポット》から茶色い液体を注ぎ始めた。

ふわり。香ばしい匂いが辺りに満ちる。母后は困惑気味に眉尻を下げた。

「ライラー。説明しなさい」

「麦湯ですわ。ファジュル様」

そっと笑みをたたえて、はっきり言った。

「あまり珈琲がお好きではないようなので、代わりをご用意しました」

「――なっ……！」

参加者たちに衝撃が走る。誰もが青い顔をしていた。鼻高々に最高級の珈琲を振るまっていたヤーサミーナの表情は言わずもがなだ。

「なぜだ。わたくしの嗜好《しこう》をお前が知るはずもない」

母后の問いに淡々と答えた。

「推測しただけです。何度かお会いしましたが、いつも口をつけていませんでしたよね。珈琲はとても強い飲み物です。口に含めば、たちまち体が興奮して胃に負担がかかる。ですが、ハレムでは専任の部門ができるほど浸透している文化です。立場上、たとえ苦手でも断れないのではないかと思いました」

「……どうしてそう考えた？」

「私の母がそうだったからです」

母は抹茶が大の苦手だった。茶会のたびに眠れなくなるのだと、青白い顔をしていたのを覚えている。代わりに愛飲していたのが麦湯だ。

「もちろん香草茶なども用意しておりますが、ぜひ故郷の味を楽しんでいただきたく思いました。煎った大麦の種を煮出して作ったのですよ。妊娠中や、胃を悪くした際にも問題なく飲めます。とても優しい飲み物です」

「…………」

ファジュルは黙したまま湯呑《ゆの》みをじっと見つめている。

実をいうと、いまの説明はとってつけたものだ。実際は違うだろうと踏んでいる。珈琲は愛する息子《イブラヒム》が殺されるきっかけになった品。普通は飲もうと思わないだろう。だから別の品を用意した。ご機嫌うかがいではなく相手への気遣い。これこそがおもてなしだ。

「いただこう」

母后が動いた。湯気が立ち上った湯呑みを手にして、そっと口をつける。

「香ばしくてよいな」

ふわり。母后が表情を和らげた。目を細める様はどこまでも優しげだ。

「これがお前のもてなしなのだな？　ライラー」

緑青色の瞳に見つめられ、私は背を伸ばして答えた。

「はい」

しばしの沈黙が落ちる。

誰もが母后の反応をうかがっていた。

「勝負はライラーの勝ちとする」

「……！」

母后が導き出した答えに、勢いよくアスィールと顔を見合わせた。

＊

「お待ちください！　納得できませんわ！」

結論に異を唱える者がいた。ヤーサミーナだ。

彼女は青白い顔をして、必死に母后に訴えかけた。

「なにも新しくない。ありきたりな菓子を並べただけのこれが、スルタンの妻としてふさわしいもてなしだとは思えません！　とんだ手抜きだわ‼」

「――いいえ、これこそが〝私たち〟がすべきおもてなしです」

凜《りん》として断言する。血走った目をしたヤーサミーナをまっすぐ見つめ返した。

「まだわかりませんか。ファジュル様がなにを求めていたのか」

母后は奴隷のはずの私たちに〝品性〟を要求している。

それは、今後来るであろう事態を想定していたからだ。

ただの添え物じゃない。皇帝の妻として、為政者のひとりとして政に参加する日を。

「ファジュル様、確認させてください。今回のお題は、外交の場でいかに上手《うま》く立ち回るかを見たかったのでしょう？」

私の問いかけに、母后は不敵に笑んだ。

「そうだ」

「……ま、待って。外交⁉　なんの話ですか！」

まっ青になって泡を食っているヤーサミーナに、私は一から説明を始めた。

「思い出してください。課題をくださった時、ファジュル様は〝スルタンの妻として〟とおっしゃいましたね。〝妾《ジャリエ》〟ではなく〝妻〟と。〝自分を賓客と想定して〟ともおっしゃいました。私はこう考えました。この茶会は普段の会ではない。皇帝の妻が臨席するような状況ですから、どこかの国の重鎮か特使相手に催されたのだろう、と」

「と、とく、特使？　重鎮？」

「はい。その場合、どういうもてなしがふさわしいか。わかりますよね？」

複雑そうな顔で黙り込んだヤーサミーナに、言い聞かせるように続けた。

「外交は互いの文化のぶつかり合いです。お客様が不自由なく過ごせるように取り計らう以前に、自国の優位性を示す必要があります。だから、この場所を選びました。ごらんになったでしょう？　馬車を降りた時に目にした景色を！　美しい町並み。活気づいた市場。豊かな海。行き交う船。すべてがスルタンの威光を雄弁に物語っている」

呆気《あっけ》に取られているヤーサミーナのお付きたちに視線をやる。

びくりと身をすくめた彼女たちを諭すように続けた。

「場所も重要です。お客様を過不足なくもてなせなければなりません。人員の出入りが制限されているハレムはふさわしくない。会場を彩る花だって重要です。ダリル帝国にとって特別でなければなりません。時に神の象徴となり、国の象徴となるラーレはふさわしいですよね。茶請けに伝統的な菓子類を用意するのは当然。我が国の〝色〟を見せつける必要がありますから。私の故郷の文化はむしろ邪魔なのです」

そっと自分の衣装を見下ろす。

「衣装だってそうです。布地に刺繍《ししゅう》されたラーレや三日月は、帝国、ひいてはスルタンを象徴している。相手にわからせてやるのですよ。同じ布地を身にまとう私の発言、行動ひとつひとつがスルタンの意向を汲《く》んでいると」

視線を上げて、アスィールを見つめた。

「同時に覚悟を表しています。私は国を背負っている。万が一にでも不都合な展開になった場合、責任を負うという覚悟です」

ひととおり語り終わると、しいん、と室内が静まり返った。

「ライラー……」

アスィールが感激に瞳をにじませている。そこにいる誰もが驚きを浮かべ、固唾を呑《の》んで私を凝視していた。

「あ、あなたは。それを意図どおりにやったってこと……!?」

「はい。もちろん」

にこりと笑みをたたえる。過去を懐かしみながら続けた。

「母から教わりました。場所、食事、衣服――すべてに気をつけなさいと。外交を担うため、最低限必要な条件だからだそうです」

父が不在のおり、城を仕切っていたのは母だ。来客の相手をするのはたいてい母で、いつも完璧に支度を整えていたのを覚えている。

その時に教わったのだ。外交は準備でほぼ勝負が決まる、と。

「――……！」

ヤーサミーナの顔色が変わった。

ようやく理解したようだ。

自慢げに並べた外国から仕入れた品々が、いかに場違いであったのかを。

「クックック。やはり勝負はライラーの勝ちだな」

母后が肩を揺らして笑っている。

「見事だ。お前こそアスィールに侍《はべ》るのにふさわしい」

ヤーサミーナをみやる。瞳には、明らかな侮蔑の色がにじんでいた。

「まったく。期待はずれだった」

　黙して状況を見守っていたカマールが、そっと母后のそばに寄った。

「ファジュル様、アレはいかがいたしましょうか」

　そうだな――。刹那、物思いに耽《ふけ》った母后は、一転して残酷な笑みを浮かべた。

「ものを知らない〝道具〟はいらぬ。口やかましいだけの奴隷は海に捨てろ」

「かしこまりました」

　カマールが静かにうなずくと、ヤーサミーナがくずおれた。

「……ああっ……」

　悲痛な声を上げて両手で顔を覆う。

「わ、わたしが負けた？　嘘《うそ》よ。嘘、嘘って言って。嘘よ……。母后の座は？　う、海？　冗談ですよね。まさか、まさか、まさか、まさか――！」

　視線をさまよわせる。ひた、とアスィールを見つめ、すがるような視線を向けた。

「ア、アスィール様、わた、わたし……」

　アスィールがそっと息をもらした。

「母上。さすがに命を獲《と》るのは罰が重すぎるでしょう」

　ヤーサミーナの表情が希望に染まる。すかさず母后がアスィールに訊《たず》ねた。

「ほう？　では、どうする」

「イクバルの地位の剝奪。女中か……アジェミからやり直させるのはいかがでしょう」

ジロリとヤーサミーナを睨《にら》みつける。侮蔑の混じったまなざしを彼女に注いだ。

「ライラーへの数々の暴言は目にあまる。人としての品格を学び直してくるがいい」

「――ッ！」

ヤーサミーナの表情が更なる絶望に染まった。

――さすがに気の毒になってきたわ。

母后の言うとおり、彼女は〝ものを知らなかった〟だけだ。

勝敗の決め手は、為政者としてどう振るまうべきか知っていたかどうか。なにも母が特別な知識を教えてくれたわけではない。少し勉強すれば身につく程度の教養だ。たとえ本人の能力が劣っていたとしても、有能な側付きがいればすむ話だろう。

ヤーサミーナが、これを機により深く学べば次の勝負はわからない。すべては彼女次第だった。心の底から母后になりたいと願っているのなら、腐らずに努力を重ねるはずだ。自分を偽ってまで勤勉に見せかけていたなら、できないわけがない――

そっとため息をこぼす。

胸が重くなるのを感じながら、勝負を競った相手を見据えた。

「それなのに、残念です。ヤーサミーナ様」

ヤーサミーナが、果物ナイフを握りしめている。

「ぜんぶアンタのせいよ！」

震える手で構えて突進してきた。

「ライラー！」

アスィールが焦った様子で腰を上げた。

「駄目です！　奴隷をかばうつもりですか⁉　私の代わりはおおぜいいます！」

とっさに制止すると、苦しげに動きを止めた。ホッと胸を撫《な》で下《お》ろしたのも束《つか》の間《ま》、どんどん白刃が迫ってくる。だが、私はどこまでも冷静だった。

「――ッ⁉」

ひらり。わずかに半身をずらしてかわす。驚愕《きょうがく》の表情を浮かべたものの、ヤーサミーナは再びナイフを手に襲いかかってきた。ひらり。今度はすれ違いざまに背中を押してやった。壁にぶつかりそうになって、ヤーサミーナが床にへたり込む。しょせんは素人の動きだ。直線的な突進ばかりで当たる気がしない。

「黙って刺されなさいよ！」

ずいぶんな物言いだった。焦っているのだ。どこかで衛兵を呼ぶ声がする。

「このっ……！」

取り乱したヤーサミーナは、いっそう強くナイフを握りしめた。

あまりにも悲しくなって眉をひそめる。

「ヤーサミーナ様、私の故郷では女も強くあらねばなりませんでした」

私の声は届かない。再び駆け出したヤーサミーナに淡々と告げた。

「人形のように綺麗《きれい》にしているだけでは駄目。天守閣が焼け落ちる瞬間まで、国を護《まも》らねばならないのですから」

「あああああああああああっ!!」

「──つまり」

手が届くほどの距離にナイフが近づく。

ゆるりと半身になって、狙いすまして後ろ足を振り上げた。

つま先が手首に直撃する。

「ぎゃあっ!?」悲鳴がもれたのも束の間、宙に舞い上がったナイフを片手で摑《つか》み──

ぴたり。ヤーサミーナの首筋に突きつけた。

「私は武家の娘です。刃を向けるなら、反撃を受ける覚悟をしていただきたい」

ヤーサミーナの頬をつうっと汗が伝う。ヘナヘナと床に尻餅をついた。

「確保しろ！」

ようやく到着した衛兵たちがヤーサミーナに殺到する。

なす術《すべ》もなく取り押さえられる様子を眺め、ホッと息をもらした。

「大丈夫か！」

アスィールが駆け寄ってきた。「はい」と答えると、勢いよく抱きしめられる。

「命の危機だったんだぞ。ケロッとしているんじゃない」

「そうでしたっけ？　あ、下穿《したば》きが割れているといいですね。着物だとはだけちゃって」

「うるさい。無茶をするんじゃない。馬鹿！」

……怒られてしまった。

「ごめんなさい……？」

謝罪にもアスィールは黙りこくったままだ。よほど心配させてしまったらしい。

「勝ったじゃないですか」

ポン、ポンと背中を叩《たた》くと、アスィールは小さくかぶりを振った。

「……お前の代わりなんていない」

勝敗よりもよほど大事らしい。

――意外と小心者の一面もあるのね。つくづく面白い人。

クスクス笑って体の力を抜く。ソファ・キョシュクの中はおおぜいの人間でごった返していた。連行されていくヤ－サミ－ナ、青白い顔をしてへたり込む側付き。興奮気味に私の活躍を語る女中たち……。カマ－ルのにやけた顔は気に食わないけれど。

――ともかく決着はついた。

「はあ……」

布越しに伝わるアスィ－ルの温度に、ようやく勝負が終わったのだと悟った。

終章

「どうしてこうなったの……」

ヤーサミーナと勝負をした翌日。

部屋に次々と贈り物が運ばれてくるのを眺め、私は呆然《ぼうぜん》としていた。

ほとんどが母后《ヴァリデ・スルタン》からの品だ。一部、大宰相や高官からの贈り物も含まれているらしいが、どれもが〝夫人《カドゥン》への昇格祝い〟だった。

「私、アスィール様の御子なんて孕《はら》んでませんけど!?」

苛立《いらだ》ちのあまりに声を荒らげれば、目録を整理していたデュッリーが笑った。

「母后による特別措置だそうよ。みずから夫人にふさわしいと認めさせたとかで」

グッと親指を突き立てる。

「私としては、お給料が上がるならなんでもいいけどね！」

「いや、デュッリーはそれでいいかもしれないけど！」

「なによ。世の中、お金より優先する事項はないでしょ」

「そこまで言い切ると、逆に清々《すがすが》しいわね!?」

にんまり笑んだデュッリーは、「母后の決定よ。諦めなさい」と去っていく。

ひとり取り残され、頭を抱えるしかなかった。

「なんなのよ、私の気持ちも知らずに好き勝手やって。馬鹿なの？　独裁者なの？　なにが夫人にふさわしいよ。私は不適格な人間が母后になるのを防いだだけ！　ぜったいに撤回させてやるんだから!!」

「――なにをだ？」

ふいに、いるはずのない人物の声が聞こえて顔を上げた。

「な、なんでここに!?」

いつの間にやらアスィールがそばに立っている。自慢げに胸を張って言った。

「知らんのか。スルタンの部屋には寵姫《ちょうき》の部屋に続く隠し通路がある」

「……あ！　前にデュッリーが言っていたような……」

だからと言って、緊急時でもないのに使う馬鹿がどこにいるの。

グッと言葉を呑《の》み込《こ》んだ。いつの間にか部屋の中が静かになっている。気を利かせた側《そば》付《づ》きたちが下がったらしい。訳知り顔のデュッリーだけが隅で待機していた。

――まったく。なんなのよ……。

まるで物語でいう寵姫との逢瀬《おうせ》みたいだ。

頭を抱えたい気持ちでいっぱいになっていると、アスィールはにんまり笑って花束を押しつけてきた。ラーレだ。〝楽園の光〟も交ざっている。

「昇格祝いだ」

「冗談でしょう？」

思わず即答すると、クックッと喉を鳴らして笑った。

「冗談だ。母上には撤回するように申しつけておくから安心しろ。あんまり綺麗に咲いていたからな。お前にも見せてやりたくて」

長椅子の隣に腰かける。じっと私を見つめて言った。

「──なあ。そんなに俺の夫人になるのは嫌か？」

「え？」

ギョッとして目を剝《む》く。

そっと私の手を取ったアスィールは、やけに熱のこもった視線を向けてきた。

「事情は理解している。巻き込んですまないとも思っている。だが、お前ほどの女は他にいない。昨日の勝負を見て確信が深まった」

手の甲に唇を落とす。翡翠《ひすい》のまなざしに熱い炎を宿して言った。

「俺のものになれよ。ライラー」

「……ッ！」

「頼む。俺に惚《ほ》れてくれ。苦労はするだろうが――後悔はさせない」

キュッと胸が苦しくなって、頬が熱を持った。

――私、なんで口説かれているの。

頭がグルグル回っている。体が熱い。アスィールの熱が伝染しているようだった。

――なんなの。なんなのよ。

混乱のあまりわけがわからなくなる。

このままじゃ、うっかりうなずいてしまいそう。

――いや、駄目だ。

アスィールは最低条件を達成していないじゃないか。

「申し訳ございません。相撲で勝ってからにしてくれませんか？」

するりと拒絶の言葉がもれた。

カチン、と音が出そうなくらいにアスィールが固まる。

「ま、まだ言うか……」

口もとを引きつらせたアスィールに、ふふんと不敵に笑んだ。

「自分より弱い男はお断りなんです」

　フッと小さく鼻で笑った。動揺させたお返しとばかりに嫌みったらしく言う。

「無様に地面に転がった姿、忘れていませんよ」

「なんだと？　あれはまだスモウを始めたばかりだったから」

「言い訳なんて情けないですね。私がほしいなら相撲で勝ってごらんなさい！」

　ホーッホホホホ！

　高らかに笑うと、アスィールが真顔で立ち上がった。

「――許せん」

　ビシリと指を突きつける。怒りの炎を瞳に宿して宣言した。

「勝負だ。今度はぜったいに負けないんだからな！」

　ぱあっと顔を輝かせて私も立ち上がった。

「受けて立ちましょう！」

　――やった。久しぶりの相撲だ！

　鬱憤がたまって仕方がなかったのだ。発散したいと思っていたところである。

「覚悟しておけよ」

「ふふん。そっちこそ」

ふたり並んで部屋を出ようとする。

なにも聞かされていないデュッリーは大慌てだ。

「え、ライラー？　どこへ行くの？　スモウ？　や、やだー！　こんな明るいうちから？　浴場《ハマム》には行かないの？　体は清潔な方が……。え？　違う？　そういう話じゃない？　まさか、そのままの方が燃えるとか——ってなにを言わせるのよ。ライラー！　ライラーってばあああああっ!!」

置いてけぼりにされたデュッリーの声が響いている。

なにやら誤解されている気がするが——いまはともあれ相撲だ。

故郷から遠く離れた異国の空は、今日も晴れ渡っている。

私のハレム生活は始まったばかり。

想像もつかない困難が待ち受けているとは思うけれど——

いつか故郷へ帰るため、目標に向かってがんばっていくつもりだ。

この作品はフィクションです。
実在の人物や団体などとは関係ありません。

参考
『平家物語　ビギナーズ・クラシックス　日本の古典』
角川書店編、二〇〇一年九月、KADOKAWA

あとがき

初めましての方も、前作「花咲くキッチン」からの方もこんにちは。忍丸《しのぶまる》です。この度は「アラベスク後宮《こうきゅう》の和国姫《わこくひめ》」をお読みいただきまして、誠にありがとうございます！アラブ風後宮に放り込まれた姫君の活躍、いかがでしたでしょうか。作者自身が本当に楽しく書いた作品なので、皆様も楽しんでくださっていたら嬉《うれ》しいです。

いままで現代ものや中華ものを描いてきた私が、アラブを舞台にした物語を書くきっかけになったのは、担当編集様からのひとことでした。企画案を練っていたところ、「アラブ風後宮を舞台にした物語はどうだろうか」というお話を頂戴したのです。

正直、最初はあまりアラブ風後宮のイメージが湧かず……。打ち合わせが終わった後、とりあえずおすすめいただいた書籍を一括購入。読み始めました。

結果、ものすごい勢いではまってしまいまして……。とぷんっと沼の底まで一直線です。気がつけば、アラブ舞台の作品を大量に読みふけり、資料を買い込んでは企画案を練り、中東のご飯を友人と食べに行き……。どっぷりとアラブ世界にはまり込んでしまいました。

楽しかった！　もうこれ以上ないくらいの充実ぶり！　執筆しているあいだも、ずうっと多幸感にあふれていたくらいで……。そして生まれたのが「アラベスク後宮の和国姫」というわけです。ご提案いただいた担当編集様には、本当に感謝しかありません。

　オスマン帝国といえば、スレイマン一世の時代がいちばん有名だと思うのですが、今作はそれから百年ほど下った頃をモデルとしています。長子以外皆殺しの慣習が廃され、鳥籠《カフェス》に皇子が囲われるようになったこの頃は特に興味深く、歴史を紐解《ひもと》くのが楽しくてなりません。今作は架空の国を舞台としていますから、史実とは違う点が多々あるのですが、それでも当時の時代背景の〝妙《みょう》〟をお伝えできるよう努力したつもりです。この作品をきっかけに、六百年以上もの長い歴史を持つ帝国に興味を持っていただけたら幸いです。

　今作を刊行するにあたって、たくさんの方々に協力していただきました。

　イラストを担当くださったカズアキ様、ライラーの凜《りん》とした姿にほれぼれとしています。理想のヒロインの姿を描いてくださり、本当にありがとうございました！

　担当編集様、いつもあなたに助けられています。的確なご指摘、細かいご配慮。なにをとっても最高だなと言うほかありません。これからもどうぞよろしくお願いします！

　そのほか、この本に関わってくださったすべての方々へ感謝を。

　また出会えることを祈っています。

春から夏へ季節が変わりゆく頃に　忍丸

お便りはこちらまで

〒一〇二―八一七七
富士見L文庫編集部　気付
忍丸（様）宛
カズアキ（様）宛

富士見Ｌ文庫

アラベスク後宮《こうきゅう》の和国姫《わこくひめ》

忍丸《しのぶまる》

2023年６月15日　初版発行
2023年７月５日　再版発行

発行者　山下直久
発　行　株式会社 KADOKAWA
〒102-8177　東京都千代田区富士見2-13-3
電話　0570-002-301（ナビダイヤル）

印刷所　株式会社 KADOKAWA
製本所　株式会社 KADOKAWA
装丁者　西村弘美

定価はカバーに表示してあります。　◆◇◇

●お問い合わせ
https://www.kadokawa.co.jp/（「お問い合わせ」へお進みください）
※内容によっては、お答えできない場合があります。
※サポートは日本国内のみとさせていただきます。
※Japanese text only

ISBN 978-4-04-074997-6 C0193